8클래스 마법사의 회귀

WISHBOOKS FANTASY STORY

류송 판타지 장편소설

8클래스 마법사의 회귀 1

류송 판타지 장편소설

초판 1쇄 찍은 날 | 2017년 4월 6일
초판 1쇄 펴낸 날 | 2017년 4월 13일

지은이 | 류송
펴낸이 | 예경원

기획 | 위시북스
편집책임 | 박우진
편집 | 이즈플러스

펴낸곳 | 예원북스
등록번호 | 제396-2012-000132호
등록일자 | 2012. 7. 25
KFN | 제1-088호

주소 | 경기도 고양시 일산동구 호수로 646-24 위너스21Ⅱ빌딩 206A호 (우)10401
전화 | 031-819-9431 팩스 | 031-817-9432
E-mail | yewonbooks@naver.com

ISBN 979-11-6098-169-8 04810
      979-11-6098-168-1 (set)

8클래스 마법사의 회귀

1

류송 판타지 장편소설

WISHBOOKS FANTASY STORY

Wish Books

CONTENTS

프롤로그
배신을 당하다

"혈관 속 마나를 중화시켜 주는 독일세."

금발의 중년, 황제 라그나르 그린리버가 읊조렸다.

그는 역사상 최초로 대륙 일통을 이루어낸 황제였다.

"효과는 길어봐야 몇 분 정도라더군. 자네에게는 말이야."

절친한 벗이자 인류 최초의 8클래스 마법사, '이안 페이지'와 함께 말이다. 두 죽마고우의 발자취는 수많은 노래를 탄생시켰고 수많은 시를 낳았으며, 수많은 이야기책을 엮어 냈다.

적어도 오늘까지는 그랬다.

"해서 다른 독을 좀 섞었네만."

"어, 어째서……."

고향으로 돌아와 조용히 남은 여생을 보내고자 했던 8클래스의 마법사, 이안이 탁한 피를 울컥거리며 물었다.

"알고 있지 않은가."

황제의 목소리는 놀라울 만큼 담담했다.

수십 년 지기에게 특수한 극독을 먹였음에도.

"자네의 힘, 그 힘은 통일 제국의 앞날에 아무런 도움도 되지 못해. 전시라면 모를까, 지금은 오히려 불안을 낳는 원흉일 뿐이지. 바로 자네가 했던 얘기일세."

그래, 분명 그랬다.

능히 혼자의 힘으로 소국 하나를 패망시킬 수 있는 어마어마한 힘, 그것이 바로 8클래스 마법사가 지닌 힘이었으니까.

"이안 페이지가 제국의 우군으로 살아 있는 한, 그 자체만으로도 반란의 불씨를 잡기에 충분하다. 그러니 고향으로 내려가 남은 여생 참회하며 살겠다. 아마 그렇게 말했었지."

황제의 눈에 공포가 드리웠다.

왜 하필 공포일까? 독을 먹은 것은 이안인데.

"한데 이안, 아는가? 나는 반란이 두렵지 않네. 그건 어디까지나 인간의 일이니까. 인간들이 이해할 수 있는 범위니까."

"……."

"하지만 자네는, 자네가 가진 그 힘은 어떤가? 그것도 사람의 일인가? 정녕 사람이 이해할 수 있는 범위라고 보는가?"

이안은 대답하고 싶었다.

바로 그 힘이 너를 황제로 만들었다고.

바로 그 힘이 통일 제국을 이루어냈다고.

바로 그 힘이 평화를 유지하는 균형추라고.

"쿨럭!"

하나 더 이상 목소리를 낼 수 없었다.

역류하는 핏물조차 감당하기 어려웠으니까.

"두렵네. 이안 페이지가 두렵네. 8클래스의 대마법사가 두렵네. 내 오랜 벗이…… 빌어먹을! 그래, 자네가 두려워 미치겠다는 얘길세! 언제든지 나를, 나의 제국을 집어삼킬 수 있는 무지막지한 괴물! 그 괴물을 어찌 살려둘 수가 있겠나?"

한바탕 광기를 쏟아낸 황제가 말문을 멈췄다. 그리고 죽어가는 벗, 이안을 바라봤다.

슬프면서도 만족스러운, 아주 오묘한 얼굴이었다.

"부디 나를, 나를 용서하지 말게."

황제의 말은 거기까지였다.

극독으로는 모자라다고 판단한 걸까. 그가 오두막집을 나서자 사방에서 불길이 솟았다.

'개자식.'

이안 역시 나름대로 짐작은 하고 있었다. 황제의, 오랜 벗 라그나르 그린리버의 변화를.

낙향을 선택한 이유도 그중 하나였다. 눈에서 멀어진다면 나아질 거라 여겼다.

'내가 너무 안일했구나.'

설마 이 지경까지 이르렀을 줄이야, 이 정도로 미쳐 버렸을 줄이야.

'하지만.'

품속에서 무언가를 꺼내 든 이안, 언뜻 보기에 매우 고급스러운 단검이었다.

보석과 문양으로 치장된 칼집부터 손잡이까지, 날붙이보다 장식품에 더 가까웠다.

스르르릉…….

그런 주제에 뽑히는 소리만큼은 꽤나 그럴듯했다. 듣는 것만으로 날카로움이 짐작되는 수준이었다.

'안일했던 것은 라그나르, 네놈도 마찬가지야.'

단검의 날에는 어떤 글자들이 빼곡히 새겨져 있었다. 제대로 읽을 수가 없을 정도로 작은 글자.

'내가 원했던 참회란.'

손에 묻은 피를 조금이나마 씻고 싶다.

자신의 마법으로 죽어간 수많은 이들, 특히 무고했던 이들에게 참회하며 살겠다.

그 말은 모두 진심이었다. 다만 방법이 달랐을 뿐.

인류 최초의 6클래스, 7클래스를 넘어 8클래스까지 도달한 전무후무의 대마법사가 바로 이안이다. 기도나 올리며 허송세월을 보낼 그릇이 못 된다는 얘기다.

'모든 것을 되돌려 놓는 것.'

낙향을 결정한 그 순간부터 이안은 '시간 마법'을 연구하는 일에 모든 역량을 집중했다. 만약 시간을 돌리는 것이 가능하다면, 모든 사건을 돌이키는 게 가능하다면.

'보다 나은 선택을 할 수 있을 테니까.'

물론 쉽지 않은 일이다. 오히려 불가능에 가까웠다.

아직 검증되지 않은 미완의 이론밖에 없었다.

'아무래도 첫 번째 실험이 되겠군.'

더 이상 완성도를 따질 때가 아니었다. 부작용이 생겨봤자 죽기밖에 더하겠는가?

아니, 어차피 죽어야만 한다.

'마나를 충당하기 위해서는 어쩔 수 없지.'

지금 극독의 효과가 미치지 않는 곳은 오직 하나. 마나의 모든 것을 담당하는 심장 속 작은 핵.

'마나 하트.'

푸욱!

바로 그곳에 주문식이 걸린 단검을 쑤셔 박았다. 마나라는 동력원을 양껏 포식시키기 위하여.

우우우웅!

이윽고 영롱한 푸른빛이 이안의 전신을 휘감았다.

[라…… 후스…… 에키로…….]

동시에 시작된 이안의 시동어.

한 글자 한 글자 아주 힘겹게 토해냈다. 이는 결코 육성을 통하는 소리가 아니었다.

평범한 시동어도 아니었다.

[로…… 쿠베르가토…….]

흔히 '마법의 창시자'라고 알려진 드래곤.

그들이 창조해낸 고대의 언어, '용언'.

[젠…… 쉬나가스……!]

산속 메아리처럼 울려대는 용언이 갈무리될 무렵.

용도를 다한 단검이 가루가 되어 사방에 흩날렸다. 강렬했던 푸른빛도 점차 그 자취를 감추었다.

대마법사 이안 페이지의 육신과 함께.

1장
30년 전으로 돌아오다

"우욱……!"

이안이 가까스로 정신을 차렸을 때, 가장 먼저 느껴진 것은 매스꺼움이었다. 계속 헛구역질이 나올 정도로 매스꺼웠다.

'어떻게 된 거지?'

재빨리 가슴팍을 살폈다. 피, 상처, 통증, 그 무엇 하나 느껴지지 않는다.

뭔가 이변이 일어난 것은 확실하다.

"이안, 갑자기 왜 그래?"

순간 이안의 심장이 크게 요동쳤다. 매스꺼움도 순식간에 사라졌다.

정말이지 익숙한 목소리.

익숙하고도 그리운 목소리가 왼쪽 귀를 간질였다.

"어, 어머니……?"

오래 전에 돌아가셨던 이안의 어머니, '베네사 페이지'의
목소리였다.

설마 어머니와 다시 만나는 날이 올 줄이야.

'성공한 건가?'

아니면 저승에 떨어져 어머니를 만날 걸까?

어머니의 손을 꼭 붙잡은 이안이 주변부터 살폈다.

"다음!"

"로, 로이드 마을에서 온 제스라고 합니다!"

"로이드? 그런 마을도 있나?"

"멀리 떨어진 마을이라서……."

"흠, 아무튼 들어가."

"저, 저 안에 진짜 마법사님이 계신가요?"

"거 들어가 보면 알 거 아니야?"

"예, 옙!"

일렬로 줄을 선 수천 명의 아이들.

그 줄에 섞인 이안과 베네사.

인파를 통제하는 영지성의 험상궂은 병사들.

상아탑의 깃발이 휘날리는 새하얀 천막, 일련의 풍경만으

로도 이안은 가늠할 수 있었다.

'성공…… 했구나.'

작아진 손이 확신을 더해줬다. 정확히 30년 전으로 돌아왔다.

대륙이 그린리버의 이름으로 일통되기 전으로.

어찌 정확한 햇수까지 구분하느냐? 이 아이들은 모두 '검사'를 받고자 줄을 선 것이다.

영지별로 시행되는 '마나 반응 검사' 말이다.

'검사는 12살이 되는 해에 의무적으로 받지.'

회귀 전 이안의 나이가 마흔둘, 따라서 30년 전이라는 결론이 나온다.

'생각보다 멀리 돌아왔군.'

10년도, 20년도 아닌 30년이라니.

물론 나쁘지는 않았다. 아니, 오히려 좋다.

'그저 내 손에 묻은 피를 지우고자 했을 뿐이었지만.'

용언까지 파헤치며 시간 마법을 연구했던 이유, 자신의 마법으로 벌어진 학살의 기록을 지우고 싶었다.

역사를 송두리째 바꾸는 한이 있더라도 황제에게 독살을 당하기 전까지는 그랬다.

'또 뒤통수를 맞으면서 끝낼 수는 없지.'

친구라는 구실하에 많은 것을 양보했다. 충성이라는 명목

하에 많은 것을 감내했다. 한데 그 결과는 참혹하기 그지없었다.

절친했던 벗, 황제 라그나르의 배신. 평생 이용만 당하다가 죽임을 당한 꼴이다.

'이번 생은 다를 거다.'

그러기 위해서는 먼저 되찾아야 한다.

8클래스 마법사의 권능을, 나아가 그 이상의 경지까지도 이미 한번 걸어온 길이다.

단숨에 달려가 그 앞을 가늠하리라.

"다음!"

이안의 결심이 굳어지는 그때, 마나 반응 검사의 순서가 돌아왔다.

"다녀올게요."

걱정스러운 표정의 어머니를 안심시킨 이안, 그가 천막 앞을 지키는 병사에게 말했다.

"모그리안 마을, 이안입니다."

"모그리안…… 아아, 우리 베네사 아들내미였구먼?"

이안의 어머니는 영주성의 부엌데기였다.

부엌데기치곤 아름다운 외모 탓에 껄떡대는 병사들도 많았다. 만만하게 보는 거다.

그녀는 과부에 부엌데기였으니까.

"들어가. 괜히 마법사님 귀찮게 이것저것 묻지 말고."

어머니를 향한 병사의 끈적이는 눈빛, 어릴 적에는 느낄 수 없었던 시선이다.

'조만간 저 눈빛부터 고쳐줘야겠군.'

가벼운 다짐과 함께 이안이 천막 안으로 들어갔다.

젊은 파견 마법사와 그를 지키는 기사 셋이 있었다.

"아론 경, 아이들이 얼마나 남았소?"

"아직 반나절은 꼬박 보셔야 할 것 같습니다만."

"허어……."

벌써 수백 명에 달하는 아이들을 검사한 탓일까, 피곤함이 잔뜩 묻어나는 마법사의 목소리였다.

'옛날 생각나네.'

이안 역시 수습 마법사 시절 검사관으로 파견을 나가봤다.

한적한 시골 영지였던지라 크게 피곤하지는 않았다.

'여기는 사정이 좀 다르겠지만.'

하나 이곳은 모그리안 영지.

제국의 4대 영지라고도 불리는 대영지다. 검사받을 아이만 수천 명에 달할 터.

"그래, 꼬마야. 가까이 오렴."

온화한 목소리로 이안을 부르는 마법사였다.

마법사치고는 제법 인성이 괜찮은 양반 같았다.

이안도 마법사긴 하나, 마법사란 족속들은 대부분 오만하기가 하늘을 찌른다.

'귀족 놈들보다 더하면 더했지.'

마법사는 귀하다.

평범한 이들은 한 번 만나보기가 힘들 정도로, 가치도 가치거니와 머릿수부터 적다.

그중 9할이 평생을 1클래스에 머문다. 한데도 그 1클래스의 권위는 소귀족에 버금간다.

나아가 4클래스부터는 대귀족조차 두려워하지 않는다.

'마법사의 수가 곧 국력이라는 말도 있었으니까.'

해서 대대적인 마나 반응 검사를 실시하는 거다.

단 한 명의 마법사라도 더 양성하기 위하여.

"일단 머리를 좀 숙여주겠니?"

첫 번째 자질은 '마나 브레인'.

뇌의 일부분인데, 마법의 실질적인 '발현'을 담당한다. 선천적으로 타고난 자만 지니고 있다.

"마나로 네 머리를 살짝 자극할 거야. 어지러울 수도 있는데, 일시적인 거니까 걱정하진 말고."

그리 말하며 이안의 머리에 손을 얹는 파견 마법사.

설명대로 어지러움이 전해졌다. 당연한 결과였다. 마나 브레인이 자극되며 나타나는 현상이니까.

"좋아. 이번에는 등을 내 쪽으로 돌려보렴."

두 번째 자질은 '마나 하트' 마나의 생성과 순환, 저장을 총괄하는 기관.

주문식이 새겨진 단검을 찔러 넣었던 그 부위다.

"흐음."

이제 마나 하트만 증명해 주면 끝이다.

즉시 마법 아카데미에 입학할 수 있는 권한이 주어질 터.

한데도 좀처럼 마음이 내키지가 않는 이안이었다. 정확히는 '부족함'을 느꼈다.

"뭐하고 섰어?"

이안이 머뭇거리자 재촉하고 나서는 마법사였다.

뭔가 떠오른 듯 말보따리를 풀어놓기 시작했다.

"아, 지금 네 머리에 마나 브레인이 발견됐어. 이게 뭔 말이냐? 인생역전이 코앞이라는 소리지. 여기 마나 하트만 있다면 말이야. 그러니까 얼른 돌아봐."

어쩌면 올해 첫 통과자가 나올지도 모르는 상황.

인생역전이란 말까지 들먹이며 이안의 마나 하트 검사를 서둘렀으나, 정작 당사자는 그보다 높은 곳을 원하고 있었다.

'단순한 아카데미 입학으로는 부족해.'

시작선상부터 최대한으로 앞당길 필요가 있다.

마나가 부족하긴 하지만, 방법이 없는 것도 아니다. 좀 더 과감하게 나가볼까?

"저기, 마법사님."

결정을 내린 이안이 입을 열었다. 앳된 목소리가 아직 낯설게 느껴졌다.

"보여드릴 게 있는데."

"설마 편지나 뭐 그런 거라면······."

그래, 그런 녀석들 많았지.

존경한답시고 편지나 선물을 바치는 아이들.

성격이 괜찮은 편에 속했던 이안도 자주 겪어봤다. 아마 이 양반도 처지가 비슷할 거다.

"그런 건 아니고요."

하지만 이안이 보여주고 싶은 것은 따로 있었다.

스스로의 가치를 폭등시킬 수단은 마법밖에는 없지 않겠는가.

화르륵!

이안의 손에 주먹만 한 불꽃이 타올랐다. 1클래스에 속하는 기초적인 마법.

'파이어볼'.

"파이어볼······?"

마법사의 반응에 만족한 이안.

반대편 손으로 물방울 하나를 더 만들어낸다. 이번에는 '아쿠아볼'이었다.

"더블 캐스팅……?"

마법사의 두 눈이 휘둥그레졌다. 지켜보는 기사들도 마찬가지였다.

이런 꼬맹이가 마법을 선보인다? 아카데미의 문턱은커녕, 이제 막 마법 반응 검사를 받는 중인 꼬맹이가? 그것도 더블 캐스팅을?

단언컨대 전례를 찾아볼 수 없는 대사건이리라.

"저도 잘 모르겠습니다."

대답을 갈구하는 마법사의 얼굴.

그리고 그 얼굴을 똑바로 쳐다보는 이안.

한 치의 흐트러짐도 없이 말문을 이어갔다.

"언젠가부터 되더군요."

"……뭐?"

무슨 말도 안 되는 소리를 하는 걸까. 이 꼬마, 의심스럽다.

"혹시 누구한테 배웠다거나."

"아뇨, 그런 적은 없습니다."

"정말이냐?"

물어보는 동시에 신문 마법을 거는 마법사였다.

심장박동이나 동공의 움직임처럼 본능적인 생체반응을 체크하는 마법.

"잘 생각하고 대답해. 만약 거짓을 고한다면 반역자가 될 수도 있어. 네 녀석은 물론 네 가족, 그리고 이웃들까지도 싹 다 목이 달아날지도 모른다는 소리야."

마법사의 말은 결코 겁주는 말이 아니었다.

상상 초월의 엄청난 혜택을 누리는 만큼, 그 관리도 이중 삼중으로 엄격하게 이루어지는 게 바로 마법사란 존재다.

모든 마법사는 제국과 상아탑에서 관리한다.

등록되지 않은 마법사는 그 자체로 반역이다. 허락받지 않고 마법을 가르치는 행위 또한 반역이다.

일련의 행위를 경계하는 전담 기관이 존재할 정도다.

"어느 안전이라고 거짓을 고하겠습니까."

물론 그 사실을 누구보다 잘 아는 이안이었다. 마법사가 발동시킨 신문(訊問) 마법도 인지했다.

한데도 거짓을 고했다. 왜냐?

'정말 누구한테 배운 적은 없거든.'

마나의 기초적인 운용 방법. 그리고 몇 가지 마법들.

모두 전생에서 독학으로 깨우쳤다. 정확히는 마나 반응 검사를 통과했던 그 당일부터 마법 아카데미의 입학 시즌 사이, 약 세 달 남짓의 기간 동안 말이다.

'불세출의 천재도 나쁘지 않겠지.'

애초에 이안은 천재가 맞다.

인류 최초의 8클래스 마법사 아니던가? 단지 전생의 그가 뭉뚱그려 천재였다면, 이번 생에는 시작부터 불세출의 천재가 되어보리라.

"허허……."

마법사의 입술을 비집고 헛웃음이 흘러나왔다.

여러 의심을 해볼 수 있는 상황이다. 문제는 신문 마법조차 통하지 않는다는 거다.

의도적으로 모든 본능을 통제한다?

신문 마법에 들키지 않도록?

'그건 말도 안 되지.'

마법사는 단언할 수 있었다. 불가능하다.

극한의 훈련을 소화한 첩자일지언정 이 정도로 무반응을 보이지는 못한다.

'답은 두 가진데.'

눈앞에 이 꼬마가 역사상 최고의 첩자거나.

혹은.

'최초의 마법사와 같은 재능이거나.'

마법사라면 누구나 한 번쯤 들어봤을 전설.

평범한 사람들은 마법의 시초로 '드래곤'을 말한다. 하나 마법사들은 바로 이 '최초의 마법사'를 믿는다.

'어느 쪽이든 상상초월이군.'

마법사의 심중이 점점 후자 쪽으로 기울어지는 그 순간.

"이, 이러지 마세요!"

"쉿쉿! 어허, 안에 귀한 분들 계신 거 몰라?"

바깥으로부터 들려오는 실랑이 소리. 천막 앞을 지키던 병사, 그리고 어머니였다.

2장
피는 보이지 않는 곳에서

"어머니?"

조금의 망설임도 없이 천막 밖으로 달려 나간 이안, 그 뒤를 기사 셋과 파견 마법사가 따랐다.

"쉿쉿! 쓰읍, 아양 떨기는. 수컷 손길 그리운 거 뻔히 다 아는데."

"그, 그게 무슨⋯⋯!"

듣는 것만으로도 치가 떨리는 병사의 언사.

어머니의 몸에 손을 댄 모양이다.

"그러지 말고 들어봐. 과부살이 7년이면 슬슬 잠자리 외로울 때도 됐잖아? 잠들기 전에 문만 살짝 열어두면 슬쩍 들어갈 놈들 많으니까⋯⋯ 어?"

모욕적인 음담패설을 늘어놓던 병사가 화들짝 놀랐다.

물론 전적으로 마법사와 기사들 때문이었다. 정작 베네사의 아들 이안은 안중에도 없는 듯하다.

"웬 소란인가?"

아론이라는 이름의 기사가 물었다.

저음으로 깔리는 목소리에 태생적인 근엄함이 느껴졌다.

"벼, 별일 아니옵니다! 부엌데기나 하는 천한 년이 주제를 모르고 기웃거리기에, 제가 따끔한 말로 한마디 해줬……."

"천한 년?"

이안이 병사의 말을 자르고 나서자.

"이놈! 지금 귀하신 분들께 말씀을 올리는 게 보이지 않더냐?"

이안에게 호통을 치는 병사였다.

마법사와 기사를 대할 때와는 전혀 다른 태도. 뭐 이해는 한다. 신분제란 본디 그런 것이니까.

그렇다면.

"마법사님."

"음?"

"저도 이제 마법사입니까?"

갑작스런 이안의 물음에 잠깐 말문이 막힌 마법사.

글쎄, 지금 저 꼬마를 마법사라고 부를 수 있을까?

'마법사 등록은커녕 아카데미 입학조차 멀었는데.'

아직 서류상으로는 마법사가 아니다. 하나 녀석은 마나의 운용을 스스로 깨우쳤다.

뿐인가? 1클래스에 해당하는 마법까지 부린다.

'황실과 상아탑이 알면 난리가 나겠지.'

어떻게든 제국의 소속으로 만들기 위해서, 이 어마어마한 재능을 가진 꼬마를.

표현 그대로 시간문제일 터. 계산은 쉽게 끝났다.

"마법사가 맞다."

파견 마법사의 공식적인 인정에 순간 주변의 이목이 이안에게 쏠렸다.

그럼에도 이안은 동요하지 않았다.

묵묵히 할 말을 이어갈 뿐.

"그럼 제 신분은 어떻게 되는 거죠?"

"제국의 귀족과 동등하지."

"어머니는요?"

"마찬가지다. 네가 원한다면."

마법사의 대답과 함께 이번에는 기사들을 바라보는 이안.

"들으셨습니까? 저도, 제 어머니도, 지금부터 귀족입니다."

스릉!

눈치 빠른 기사 아론이 가장 먼저 검을 뽑아 들자.

스릉! 스르릉!

나머지 두 명의 기사 또한 검을 뽑았다.

"귀족 모독죄는 즉참에 해당한다."

아론의 맹수 같은 목소리가 병사의 귀에 꽂혔다. 이안이 말하는 바를 정확히 인지한 결과였다.

"어…… 어?"

아직 상황 파악이 제대로 되지 않는 병사는 눈알을 바삐 굴린 끝에 결론을 내릴 수 있었다.

저 꼬마가 무려 마법사란다.

그리고 바네사는 저 꼬마의 어미다.

인즉…….

"히익!"

기겁하다 못해 침까지 질질 흘리는 병사.

"사, 사, 사, 사, 사, 살려주십쇼!"

재빨리 넙죽 엎드려 머리를 찧기 시작한다.

사죄의 대상은 마법사도, 기사도 아닌 이안이었다.

아까와는 달랐다.

"제발 하, 한 번만 자비를 베풀어 주신다면……."

"왜 사과를 나한테 하지?"

"죽을 때까지 이 은혜를…… 예?"

이안이 턱짓으로 어머니를 가리키며 읊조렸다.

"사과 받을 사람은 따로 있을 텐데."

"⋯⋯아!"

눈치챈 병사가 이내 베네사 쪽으로 몸을 돌렸다. 그러고는 방금까지 했던 행동을 똑같이 반복했다.

"하, 한 번만 살려주십쇼! 제발 한 번만!"

넙죽 엎드린 몸, 바닥에 쿵쿵 찧는 이마, 비굴한 음색이 가미된 목숨 구걸까지.

"이, 이안. 그렇게 몰아붙이지 않아도⋯⋯."

사과를 받는 어머니마저 부담스러울 정도였다. 아니, 애초에 무성의한 사과도 받아줬을 거다.

이제야 생각이 난다.

'그래, 어머니는 그런 분이셨지.'

놈의 목을 벤다면 도리어 어머니께서 악몽에 시달릴 터.

그러니 당장은 아니다. 당장은.

'피는 보이지 않는 곳에서.'

이번 생의 지표가 될 한마디가 가슴 깊이 새겨졌다.

'지금은 어머니가 우선이다.'

새삼 울컥함을 느끼는 이안이었다.

전생에는 지금처럼 어머니를 보호할 수 없었다. 많은 것을 이해할 수도, 또 배려할 수도 없었고.

'그때는 너무 어렸으니까.'

당시 이안은 마법 아카데미에 갓 입학한 햇병아리였다.

마나의 기초적인 운용과 1클래스 마법까지 독학했다는 사실은 누구에게도 말하지 않았다. 아니, 말할 수가 없었다.

'무서웠거든, 어린 마음에.'

책잡힐 일이 아닐까 싶었던 막연한 두려움.

결국 남들처럼 1년을 이론 수업으로 보내야만 했다.

아직 아무것도 배우지 못한 신입생. 그 이상도, 이하도 아닌 존재로.

'당연히 귀족에 준하는 대우도 없었고.'

어머니는 모그리안 영지에 그대로 남으셨다.

부엌데기는 벗어났으나 단지 그뿐이었다. 1년이란 세월을 홀로 보내셨던 거다.

'누릴 수 있는 것도 누리지 못하셨지.'

1년이 지나고 비로소 1클래스 마법사가 되었을 무렵.

드디어 귀족에 준하는 지위를 얻게 된 바로 그때.

어머니는 병을 얻어 돌아가셨다. 대단한 아들을 두고 호사 한 번 제대로 누려보지 못한 채.

하나 지금부터는 다를 거다.

"후우."

전생의 쓸쓸함을 곱씹었던 이안.

그가 긴 숨을 뱉으며 병사 앞에 쪼그리고 앉았다.

"잘 들어."

오로지 병사에게만 들리는 속삭임.

"너 같은 놈들이 어머니를 두고 어떤 생각을 하는지, 어떤 더러운 이야기를 나누는지, 다 알고 있거든."

그리고 병사만 볼 수 있게 섬뜩한 표정을 지어 보였다.

결코 어린아이의 그것이 아니었다.

"그러니까 오늘 겪은 거, 본 거, 들은 거. 하나도 빠짐없이 전해. 너랑 똑같은 쓰레기들한테."

목뼈가 빠질 정도로 고개를 세차게 끄덕거리는 병사.

놈의 덜덜 떨리는 두 눈에서 생존을 향한 열망이 느껴졌다.

"지켜보겠어."

자리를 털고 일어난 이안이 기사들을 돌아보며 말했다.

"이쯤 하죠."

그 한마디와 함께 기사들의 검이 거두어졌다.

"가, 감사합니다! 감사합니다! 살려주셔서 감사합니다!"

병사는 조금의 미움이라도 살까 여전히 목숨을 구걸했고.

"저 꼬맹이가 마법사라고?"

"부엌데기 아들이?"

"입 조심해. 저 양반 목 달아날 뻔한 거 안 보여?"

사람들의 숙덕거림은 가라앉을 기미가 보이지 않았다.

아마 당분간은 오늘의 일이 계속 회자되리라.

"마법사님. 혹시 더 받을 검사가 남아 있습니까?"

"……어? 아, 아니. 그런 건 아닌데."

"그럼 먼저 돌아가 보겠습니다. 어머니가 많이 놀라신 것 같아서."

"그렇게 하려무나. 아! 잠깐, 잠깐만."

황급히 말을 바꾼 파견 마법사가 기사 아론에게 말했다.

"아론 경, 경께서 저 아이를 호위해 주시오. 조만간의 수정구로 연락을 드리겠소."

아론 또한 순순히 마법사의 요청을 따랐다.

거부할 수도 없거니와 당연한 책무였다.

"그럼 먼저 가보겠습니다. 마법사님."

어머니를 부축한 이안이 아론과 함께 일대를 빠져나갔다.

무려 황실 기사의 호위를 받는 부엌데기 아들.

사람들은 그 비현실적인 모습에 좀처럼 눈을 떼지 못했다.

'여러모로 대단한 물건이 나타났구먼.'

그러한 파견 마법사의 평가는 곧 황실과 상아탑으로 전해졌다.

"빌어먹을 새끼!"

제법 늦은 새벽.

하마트면 목숨이 날아갈 뻔했던 병사 '조나단'이 영지성 구석진 주점에 있었다.

벌써부터 거나하게 취해 버린 상태였다. 비번 병사들과 함께 말이다.

"감히 내가 누군 줄 알고!"

"진정 좀 하시게. 그러다 진짜 경을 친다니까 이 사람아."

"안 닥쳐? 지금 누구 편을 드는 거야?"

동료의 충고에 오히려 언성을 높인다.

"편은 또 무슨 편인가? 괜히 우리한테까지 불똥 튈까 봐서 하는 소리지. 그러지 말고 당분간 몸 좀 사리게. 상대는 마법사라고, 마법사."

"하! 불똥? 몸을 사려? 마법사?"

벌컥! 벌컥!

잔 속 맥주를 단숨에 비워 버린 조나단.

"염병할 소리하고 자빠졌네!"

놈이 잔을 거칠게 집어 던졌다. 이안의 경고 따위는 안중에도 없는 행동이다.

"에이! 술맛 떨어져. 주인장! 내 이름 앞으로 달아놔!"

"벌써 한 달째 이러시면……."

"누가 떼먹는데? 엉? 조만간 계산해 준다니까!"

보아하니 외상도 엄청나게 해먹는 모양이었다.

이런 조그마한 상권에서 짬 좀 먹은 영지군만큼 실세도 없으리라.

"에휴……."

조나단이 주점을 빠져나가자 긴 한숨을 내쉬는 주인장.

다른 영지군 동료들도 고개를 절레절레 흔든다.

"뒷배 하나 믿고 설치더니, 꼴좋게 됐어."

"저놈이 그렇게 물고 빠는 귀족나리도 마법사한테는 힘들걸?"

"그걸 지금 말이라고 하나? 그깟 소귀족이 아니라 저기 대영주님도 상아탑 앞에서는 이 꼬리를 말아 잡순다~ 요런 얘기지. 조나단 저놈도 어지간히 속 좀 탈 게야. 끌끌!"

하나같이 방금 나간 조나단의 험담을 늘어놓는다.

동료 사이에서도 평판이 별로인가 보다.

"그나저나 베네사 고년, 팔자 한번 제대로 폈구먼."

"예전에는 웬 오크처럼 생긴 놈팡이하고 눈이 맞았나 싶었는데, 설마 마법사가 될 씨앗 하나 떡하니 뿌려줬을 줄이야! 나도 계집이었으면 진즉에 달려들었을 것을!"

"이름이 뭐였더라? 주제에 성까지 붙이고 다녔었지 아마?"

"페이지…… 아아! 프란 페이지!"

"옳거니! 기억력도 좋으셔."

조나단의 험담에 이어 이번에는 이안과 관련된 이야기가 주를 이뤘다.

"혹시 그놈도 마법사였나?"

"이 사람, 무식하기는! 마법사 자식이라고 다 마법사인 줄 아는가?"

"그럼 아니여?"

"오히려 자식 놈은 평범한 경우가 대부분이라니까?"

"얼씨구? 그걸 자네가 어찌 알아?"

"에헴! 다 아는 법이 있지."

뚱뚱한 병사의 근거 없는 강연이 시작되는 가운데.

비틀거리며 주점 밖 거리를 배회하는 조나단이었다.

"내가…… 내가 무슨 수를 써서라도!"

중심을 잡고 걷는 것조차 쉽지 않아 보인다.

"그 새끼 보는 앞에서 어미를 그냥…… 끄윽!"

딸꾹질까지 해대며 고래고래 소리를 쳤다.

"크흐흐!"

무엇을 상상하는지 음흉하게 웃는 조나단, 놈의 발길이 어느덧 냇물 앞에 멈췄다.

소변이 마려운 모양새다.

"이건 또 왜 이렇게 안 풀려? 너도 내가 만만하냐? 엉?"

급기야 애꿎은 허리띠에 시비를 걸기 시작했다. 가지가지 한다는 말이 이보다 어울릴 수 있을까.

"끄윽! 아주 쌍으로 애원하게 만들어⋯⋯."

"지켜보겠다고 했지?"

등 뒤에서 들려오는 누군가의 목소리에 조나단이 황급히 뒤를 돌아보는 그때였다.

"⋯⋯!"

"페럴라이즈."

조나단의 몸뚱이가 뻣뻣하게 굳어버렸다. 더 이상 돌아볼 수도, 도망을 칠 수도 없다.

할 수 있는 거라고는 호흡뿐.

"당분간은 움직이기 힘들 거야. 그런 마법이거든."

하나 저 앳된 목소리만으로도 정체를 깨닫기엔 충분했다. 그 빌어먹을 꼬맹이, 이안이었다.

"내가 보는 앞에서 어머니를 어쩌겠다고?"

"끄으으윽⋯⋯!"

어떻게든 움직이려 안간힘을 쓰는 조나단. 시퍼런 핏줄이

터질듯 곤두섰다.

"그렇게 죽은 거야. 천한 부엌데기 아들한테 굴욕을 당했고, 그 굴욕감을 술로 달랬지. 인사불성이 될 정도로 들이부었어. 목격자야 주점에 많으니까."

모두 조나단에게 실제로 일어났던 일들.

"아무리 취했어도 볼일은 좀 봐야겠는데, 냇가가 보이네. 돌도 적당히 미끄럽겠다. 지나가는 사람도 없겠다. 음, 확실히 위험하겠어. 만취 상태로는."

말을 마친 이안이 있는 힘껏 조나단을 밀어버렸다.

첨벙!

앞으로 고꾸라진 조나단의 얼굴이 물속으로 처박혔다.

계속 뒀다가는 질식사를 면치 못할 터.

"고민이 되더라. 이래도 되는 걸까, 손에 묻은 피를 지운답시고 용언까지 연구했는데. 할 수만 있다면 시간을 되돌리겠다고, 올바른 선택을 하겠노라고."

조나단에게는 들리지 않을 이야기.

"근데 아니었나 봐. 지금 너를 보니까 확신이 생겼어."

하나 이안은 계속해서 할 말을 이어갔다.

어쩌면 혼잣말일지도 모르겠다.

"난 지우고 싶었던 게 아니야. 단지 내 손에 묻은 피를 남들이 볼 수 있다는 거, 그게 싫었을 뿐이지."

전쟁 영웅의 필연적인 이면.

무고한 이들까지 학살했다는 오명.

조나단의 미미한 꿈틀거림이 그나마도 희미해 졌다.

"원망해. 용서하지 말고. 나한테 독 먹인 놈도 그러더군."

황제는 무슨 생각으로 그런 말을 남겼는지 어렴풋이나마 알 것도 같은 이안이었다.

이안이 돌아온 곳은 집이 아닌 여관이었다.

두 모자의 오두막집은 아론의 덩치를 감당할 수 없었기에 인근 여관으로 거처를 옮겼다.

모자가 한방을 쓰고, 아론이 그 옆방에 묵었다.

'머리 깨지겠네.'

무사히 여관방으로 돌아온 이안은 오는 내내 심각한 어지러움에 시달렸다. 체내의 마나가 바닥이 나버린 부작용이었다.

'페럴라이즈 한 번에 마나가 바닥날 줄이야.'

두 번은 쓰지 못할 거라고 예상했다.

아직 '마나 호흡'조차 시작하지 않은 12살 꼬마의 몸. 마나의 총량이 얼마나 되겠는가?

제아무리 8클래스에 오를 몸뚱이라도 한계는 있다.

'이만한 게 다행이지.'

붉은 심장이 붉은 피를 순환시키듯 마나 하트는 마나를 축적 및 순환시킨다.

물론 축적이 되는 마나의 한계치도 존재한다.

마법사들끼리의 은어로는 통칭 '마나통'.

지금 이안에게 필요한 건 오직 마나통의 성장뿐이었다. 주문식들은 여전히 기억하고 있으니까.

'마나 호흡부터 시작해야겠어.'

마나통, 즉 한계치를 영구적으로 늘리는 방법 중 마나 호흡이야말로 가장 확실한 '정도'였다.

심장 속 마나 하트의 활동을 촉진시키는 특수한 호흡법. 특히 이안이 독자적으로 개발한 마나 호흡은 특별했다.

아카데미의 호흡법과는 가히 비교 불허.

'이따금씩 상상했었지. 이 호흡법을 일찍 만들었다면 어땠을까.'

무려 34살이 되던 해에 새로운 호흡법을 만들었다.

그때부터 시작했음에도 괄목할 만한 성장이 보였거늘.

'얼마나 더 높은 경지를 볼 수 있었을까.'

어디 그뿐이랴?

불세출의 천재가 곧 아카데미로 간다.

황실과 상아탑의 전폭적인 지원을 받을 터.

'온갖 엘릭서에 아티팩트까지 독식할 수 있다.'

얼마나 더 강해질 수 있을까? 감히 짐작조차 어려울 지경이다.

'바로 시작해 볼까.'

이안이 자리를 깔고 앉았다. 어지러움을 다스리기 위해서라도 마나 호흡은 필수였다.

"후우우……."

혹시라도 어머니를 깨울라 숨 한 가닥조차 조심스러운 이안.

문득 어머니의 맑아진 안색이 눈에 들어왔다.

하나뿐인 아들한테 일어난 경사 덕분일까. 아까의 사건은 이미 잊어버리신 듯하다.

'다행이다.'

시간을 거슬러 올라온 첫날.

이안은 안락함을 느끼며 마나 호흡에 몰입하기 시작했다.

3장
모그리안 가문의 귀빈

거대한 대륙을 삼분한 국가.

그린리버 제국, 콜드우드 제국, 로 공국.

이들은 모두 '통신 역참'이란 기관을 운영한다.

일정 구간마다 세워진 기관인데, 거리 제한이 있는 통신 마법을 역참에서 역참으로 전달해 주는 일종의 '긴급 연락망'이다. 황실과 상아탑이 불과 반나절 만에 모그리안 영지발 소식을 전해 들은 것도 이 통신 역참 덕분이었다.

"탑주의 생각은 어떠한가?"

그린리버 제국의 웅장한 수도 '그린리버디움'.

그곳의 가장 존귀한 자가 국정을 다루는 곳.

바로 황성 집무실에서 '테리 그린리버'는 말했다.

"아직 아무것도 단정 지을 수가 없사옵니다."

담담한 어조로 대꾸하는 백발의 노인.

그는 상아탑의 탑주이자 5클래스 대마법사 '허버트'였다.

"하오나……."

"하오나?"

탑주가 남긴 여지에 어린아이처럼 눈을 반짝이는 중년의 황제.

"역사를 통틀어 5클래스의 경지에 올랐던 마법사는 그리 많지가 않사옵니다. 운이 좋게도 그중 한 자리를 소인이 차지하고 있지요."

"뜬금없이 자랑은, 내 모를 리가 있겠나?"

"마나란 본디 피를 타고 떠도는 기운입니다. 그 기운을 뜻대로 움직이는 순간부터 마법사의 길이 시작되지요. 술식으로 마나 브레인을 자극하는 방법, 마법을 발현하는 방법까지. 보통은 아카데미에서 배우게 됩니다. 저 또한 그랬고, 모든 마법사가 그렇습니다."

"계속 해보게."

"한데 그 모든 것을 스스로 깨우쳤다고 합니다. 심지어 1클래스의 마법까지 자유자재로 부린다고 하는군요. 마치 '최초의 마법사'처럼 말이지요."

아주 오래전.

누구에게도 마법을 전수 받지 못했을 최초의 마법사.

그라면 스스로 깨우치지 않았겠는가.

마나의 운용도, 마법의 발현도.

마법사들에게는 가히 전설과도 같은 이야기.

"최초의 마법사? 무슨 드래곤이라도 된다는 얘긴가?"

"드래곤은 허상일 뿐입니다. 하나 최초의 마법사가 존재했을 거란 이야기는 엄연한 사실이지요. 시작이 있어야 현재도 있는 법이니 말이옵니다."

수긍한 듯 고개를 끄덕이는 황제.

그 모습에 탑주가 말문을 이어갔다.

"상식적으로는 보고가 잘못되었을 가능성이 크다고 말씀을 올려야겠습니다만…… 그렇지는 않을 겁니다. 현명한 친구를 파견시켰으니 말입니다."

"딱히 거짓 보고를 올릴 이유도 없겠지."

이번에는 침묵으로 응수하는 탑주. 긍정하지는 않았지만, 부정하지도 않았다.

"사실이겠군."

"어디까지나 가정일 뿐이옵니다."

"하면 사실이라고 단정을 지어봄세."

황제의 집요함에 탑주는 쓴웃음을 지으며 대답을 올렸다.

"만에 하나 조금의 거짓도, 착오도 없는 사실이라면……."

"사실이라면?"

"실로 위험한 재능이다, 지금은 이렇게만 말씀을 올리겠나이다."

"으음."

의자를 손가락으로 톡톡 치며 생각에 잠기는 황제였다.

그 재능이 진짜냐 가짜냐는 더 이상 문제가 아니다.

이미 진짜배기라는 확신을 품어버렸으니까.

"밖에 태자 있느냐?"

"예. 아바마마, 기다리고 있사옵니다."

"들어오너라."

집무실의 문이 열리며 황태자 '하이든 그린리버'가 들어왔다.

직계로 물려받은 황금빛 머리칼이 인상적인 미청년이었다.

"부르셨습니까, 아바마마."

"그래, 기껏 불러놓고 기다리게 해서 미안하구나."

"소자는 괜찮습니다, 그보다 어쩐 일이신지요."

다소 급해 보이는 황태자의 어조였다.

무언가 처리할 일이 있어서라기보다, 태생부터 그런 듯하다.

"마지막으로 황성 밖을 나가본 지가 얼마나 됐지?"

"예? 아, 그것이……."

"대흉작 때 시찰이 마지막 아니더냐?"

"그, 그렇사옵니다! 아바마마."

"벌써 5년도 넘었구먼, 세월이 참 빨라."

잠시 세월의 무상함을 체감한 황제가 말을 이어갔다.

"5년 만에 바깥 구경을 좀 다녀와야겠다."

"……바깥 구경 말씀이시옵니까?"

"내 너에게 제2 황실 기사단 전원과 삼백의 제국군. 3클래스의 마법사 셋을 내릴 터이니, 조속히 모그리안 영지로 떠나 이안 페이지라는 소년을 데려오너라."

"이, 이안 페이지라 하시면……."

아무래도 황태자는 이안의 이름을 모르는 눈치다.

이미 황성 전체에 소문이 쫙 퍼진 그 이름을.

"설마 그 이름을 아직도 듣지 못한 게냐?"

"소, 송구하옵니다!"

"이건 송구할 문제가 아니라. 후우, 그만 되었다. 신변의 문제도 있고, 이런 일은 다른 황자들에게 맡기는 편이 좋겠어."

"아, 아니옵니다! 부디 소자에게 맡겨주시옵소서!"

'다른 황자'라는 말에 펄쩍 뛰며 나서는 황태자.

말하는 태도부터 확연하게 달라진다.

"하명하신 일을 반드시 수행해 내도록 하겠습니다!"

"허허……."

의도대로 움직여 주는 황태자의 줏대에 씁쓸함을 느끼는 황제였다.

이러한 반응을 보고자 흘려본 말이 맞다.

맞기는 한데.

'속내를 너무 대놓고 드러낸단 말이지.'

장차 일국의 주인이 될 황태자거늘 아직 여러모로 부족하다.

하나부터 열까지 마음에 드는 구석이 없다. 아비가 아닌, 황제의 시선으로는 그랬다.

'걱정이로다.'

물론 겉으로 내색하지는 않았다.

황제이기 이전에 아버지로서 무한한 믿음을 주는 것.

최대한 많은 것들을 손에 쥐어주는 것.

특히 부족한 능력을 채워줄 인재가 많이 필요했다. 앞으로 황태자의 수족이 되어줄 그런 인재.

'그 소년을 제 수족으로 만들어야 할 텐데.'

이미 완성된 자들은 힘들다.

그들은 벌써 나름의 주인을 정했을 테니까.

당장 눈앞의 탑주마저 5황자를 선택하지 않았던가?

때문에 황태자를 직접 보내려는 것이다.

보석을 얻을 수 없다면, 원석이라도 취해야 할 터.

'출발 전에 따로 일러줘야겠군.'

이내 생각을 정리한 황제가 황태자에게 명했다.

"알겠다. 물러가서 준비를 하도록 해라. 북부까지는 제법

긴 여행이 될 터이니."

황태자가 퇴장한 집무실에 찰나의 침묵이 흘렀다.

"하면 저도 이만 물러가 보도록 하겠사옵니다."

먼저 그 침묵을 깨는 것은 탑주의 몫이었다.

"벌써 말인가?"

"아시다시피 바깥으로 나도는 걸 끔찍하게 여기지 않습니까? 저희 마법사란 족속들이 말이지요. 지금부터 설득해두지 않으면 아마 출발까지 3명을 맞추기가 힘들지도 모르겠습니다."

"하하하! 그래, 그럴 테지. 어서 가보게나."

황제가 터뜨린 호탕한 웃음소리를 뒤로한 채 집무실을 빠져나온 탑주. 그의 발걸음은 상아탑 꼭대기가 아닌, 황자들이 기거하는 별궁 앞에 멈췄다. 정확히는 다섯 번째 황자 '라그나르 그린리버'의 거처였다.

"후우!"

밤까지 꼬박 세워가며 마나 호흡에 몰입한 이안. 한데도 몸 상태는 숙면을 취한 것처럼 쌩쌩했다. 말끔하게 가신 피로, 충만하게 채워진 마나, 방금 목욕재계를 끝낸 것처럼 깨끗한 피부와 머리칼, 말끔하게 감도는 체취까지.

'이래서 마나 호흡이 좋다니까.'

정확히는 '이안 페이지표 마나 호흡법'의 효과였다.

'어머니는 아직 주무시고…….'

바깥바람이나 좀 쐬어 볼까?

간만에 모그리안 영지도 구경하고 말이지. 추억은 별로 없다만, 그래도 고향 아니겠는가.

'통일 전쟁이 시작되면 가장 먼저 지워질 풍경인지라.'

모그리안은 북쪽의 대제국 '콜드우드'와 맞닿은 영지다.

아군에게나 적군에게나 요충지로 꼽힐 터, 어느 쪽이든 전란의 불길을 피할 방법이 없었다.

'그나저나 지금쯤이면 소식이 갔을 텐데.'

어제 그 파견 마법사의 행동으로 미루어볼 때, 곧장 보고를 올렸을 가능성이 크다. 아카데미 입학조차 하지 못한 이안을 제국의 마법사로 인정해 준 장본인 아니던가? 바랐던 일이고, 분명 의도대로 움직였을 거다.

'현 황제는 인재가 절실하겠지.'

황제 자신이 쓸 사람이 아닌, 적장자에게 붙여줄 인재.

덜떨어진 황태자, 하이든 그린리버 말이다.

'상아탑의 늙은 여우도 라그나르한테 붙었을 거고.'

상아탑의 늙은 여우.

탑주 허버트를 뜻하는 표현이었다.

'그쪽도 사람이 필요한 건 마찬가지.'

곧 황실과 상아탑 사이에 내분이 벌어질 터.

어릴 적의 일이라 자세한 부분까지는 알 수 없다.

읽었던 기억이나 라그나르에게 전해 들은 이야기. 그런 기억으로 정황만 헤아릴 뿐이다.

'어디든 비집고 들어갈 틈은 많아. 그건 확실해.'

전생의 힘을 빠르게 회복하겠다는 일차적 목표를 달성할 때까지는 무엇이든 해볼 요량이었다.

황제 쪽으로 붙든, 탑주 쪽으로 붙든, 혹은 제3의 길을 걷든.

'이제 이용당하는 쪽은 내가 아닐 테니까.'

생각을 멈춘 이안이 여관방에서 슬쩍 빠져나왔다. 아직 이른 시간대인지라 1층도 텅텅 비었다. 한데 바깥이 조금 소란스러운 것 같다.

여관으로 들어오는 입구 쪽 거리 일대가 그랬다.

'뭐지?'

재빨리 귀 쪽으로 마나를 집중시키는 이안. 벽에 귀를 대고 바깥의 소리를 살폈다.

증폭 효과 덕에 어느 정도 뚜렷한 소리가 들려왔다.

"여기 묵고 계신 게 맞는가?"

"맞습니다요. 덩치 큰 기사 한 분이랑 같이……."

"제대로 찾아왔군."

묻는 자는 모르겠으나, 대답하는 이는 여관 주인이었다.

그밖에도 꽤나 많은 인원의 소리가 들렸다.

"흐음……."

이안 자신을 찾아온 건 확실한 것 같다.

그것도 우르르 몰려서.

"마법사님. 시작하시지요."

갑자기 무슨 마법사?

뭘 시작하라고?

바로 그때였다.

"제국의 마법사 이안 페이지는 지엄한 황명을 받드시오!"

"큭!"

어마어마한 목청에 자칫 이안의 고막이 찢겨나갈 뻔했다. 가뜩이나 마나까지 집중시켰는데, 저쪽은 무려 성대에 마나를 모았다. 어제 만났던 그 파견 마법사의 목소리였다.

'황명이라고?'

예상은 했다만, 설마 이렇게 빨리 반응할 줄이야.

아직 만 하루가 채 돌지도 않았거늘.

'침부터 발라놓겠다는 심보인가?'

피식 웃은 이안이 여관 밖으로 나왔다.

낡은 문 밖에는 수십 명에 달하는 영지군, 그리고 영지의 기사단이 좌우로 정렬해 있었다. 물론 그 무리의 가장 앞줄,

그러니까 행렬의 상석은 파견 마법사와 그를 호위하는 황실 기사들의 몫이었다.

"마침 일어나 있었구나."

이안을 발견한 파견 마법사가 말했다.

"폐하께서 너에게 칙서를 내리셨다. 자, 따라해 보렴. 이렇게 왼쪽 무릎을 꿇고 오른쪽은…… 응?"

마법사는 이안이 예법을 모를 거라 여겼다.

하나 이안의 예법은 이미 완벽 그 자체였다.

'뭔 꼬맹이 자세가……'

예법이라고 해봐야 별거 없긴 하다.

다만 뚜벅뚜벅 걸어와 자세를 취하는 일련의 과정이 너무나도 매끄러웠다. 어디서 많이 해본 것처럼.

"뭐하십니까?"

"……아!"

이안의 물음에 화들짝 놀란 마법사. 그가 소매에서 수정구를 꺼내 바닥에 내려놓는다.

일정량의 마나를 주입시키는 것도 잊지 않았다.

우우우웅!

미미한 진동과 함께 푸른빛을 토해내는 수정구. 그 빛은 점차 꿈틀대기 시작하더니 허공에 문자를 그렸다.

지난 밤 통신 역참을 통해 전달된 '마법 칙서'였다.

"제국의 마법사, 이안 페이지는 지엄한 황명을 받들라."

모든 내용이 그려졌을 무렵.

파견 마법사가 그 내용을 읽어 내리기 시작했다.

그러자 주변 모든 이들이 한쪽 무릎을 꿇었다.

엉거주춤 서 있던 여관 주인조차 얼떨결에 따라한다.

"녹빛 강의 가장 첫 번째 줄기로서 명하노니, 짐은 이안 페이지의 재능을 높이 사 그를 제국의 마법사로 인정하는 바, 신성한 상아탑의 명부에 이름이 새겨지는 것을 허락하노라."

아직 아카데미조차 입학하지 못한 아이를 상아탑 명부에 올린다.

그야말로 파격적인, 전무후무한 대우였다.

"또한, 누구보다 빛나는 재능을 가진 그대를 황성으로 초대하고자 짐의 장남을 길벗으로 보내니, 모쪼록 즐거운 여정이 되기를 진심으로 기원하는 바이다."

두 번째 내용은 다른 의미로 파격적이었다.

일순간의 술렁임이 일어날 정도로, 이안 역시 비집고 나오는 헛웃음을 겨우 참아냈다.

'의도가 뻔히 보이잖아.'

황제의 장남, 황태자를 길벗으로 보낸다? 분명 무지막지한 인력을 거느리고 올 터, 타지에 나가 있는 황자를 모셔올 때도 이러지는 않겠다.

"끝으로."

파견 마법사의 목소리가 계속해서 이어졌다.

칙서는 아직 끝나지 않았다.

"짐이 보낸 길벗이 당도하기 전까지는 모그리안 가문에게 마법사 이안 페이지의 보호와 더불어 양질의 생활을 제공할 것을 명하노니, 맡은 바, 소임을 다하라."

의외로 칙서의 마지막 내용이 이안을 만족시켰다.

한마디로 영주성에서 지내라는 얘기였다.

마침 마나 호흡에 완전히 몰두할 장소가 필요했던 참이다.

'여관이나 오두막집보다야 백배 낫지.'

이안이 정말 마법밖에 모르는 꼬마였다면, 지금쯤 크게 감동하여 황성 방향으로 절을 올리고 있을지도 모르겠다.

"폐하께서 하사하신 칙서는 여기까지입니다."

파견 마법사가 수정구를 거두며 말했다. 동시에 이안의 안색을 슬쩍 살폈다.

'확실히 평범한 꼬마는 아니야.'

하루아침에 인생역전을 넘어서 그 이상의 가치를 맛봤다.

한데 기뻐하기는커녕 표정의 변화조차 미미하다.

펄쩍펄쩍 뛰어도 모자랄 판국에 말이다.

'천재는 다른 건가.'

도저히 그렇게 밖에는 생각할 수가 없었다.

본인 또한 인류 중 극소수만 존재하는 2클래스의 마법사였지만, 저 꼬마는 정말이지 근본적으로 다른 존재처럼 느껴졌다.

"마법사님."

생각에 잠긴 마법사를 깨우는 목소리.

모그리안 영지의 기사였다.

"이제 영주성으로 모셔가도 되겠습니까?"

"그리하시오."

마법사의 허락과 함께 이안을 바라보는 기사.

검게 그을린 피부 탓일까, 기사보다는 용병처럼 보였다.

"모그리안 기사단의 단장 아놀드. 이안 님을 영주성으로 정중하게 모셔오라는 대영주님의 명령을 받잡고 왔습니다."

겉모습과는 달리 정중한 태도의 기사였다.

"황명에 따라 이안 님을 가까운 곳에서 보호하고, 보다 양질의 생활환경을 제공해 드리기 위함입니다. 물론 모친께서도 귀부인에 준하는 대접을 받게 되실 겁니다."

이런 건 지체할 필요가 없지.

영주성의 부엌데기였던 어머니. 한데 이제는 귀부인으로서 영주성에 들어간다.

감회가 남다르시리라.

모그리안 가문에는 수많은 식솔이 존재한다.

영주와 부인, 모그리안의 성씨를 물려받은 자녀들. 그리고 하인들까지. 그 대인원이 지금 영주성 밖으로 나와 이안을, 정확히는 이안에게 내려진 황명을 기다리고 있었다.

"왜 이렇게 늦어?"

"당연하지! 마법 좀 쓸 줄 안다고 핏줄이 어디 가?"

"그거랑 늦는 거랑 무슨 상관인데?"

"천한 것들은 날 때부터 게으르니깐."

모그리안 가문의 아이들이 종알거린다. 해봤자 열둘에서 열네 살 남짓의 소년과 소녀.

소년 쪽이 오빠인 듯 보인다.

"입 조심하지 못하겠느냐!"

그런 아이들에게 호통을 치는 중년의 남자.

대영주 '마커스 모그리안'이었다.

"그 아이는 마법사이자 가문의 손님이니라."

"하, 하지만……."

"어허! 황명을 거역할 셈이더냐?"

영주에게 작금의 황명은 무엇보다 중요했다. 충성 놀음이나 신하된 자의 도리는 아니었다.

그저 돌아가는 분위기가 심상치 않음을 느꼈을 뿐.

'너무 파격적이란 말이지.'

마법사가 귀하다는 것은 아주 잘 알고 있다. 그들은 가장 위협적인 무기이자 문명을 이끌어가는 중심이니까. 다만 그럼에도 쉬이 납득할 수가 없다는 게 문제였다.

'대체 얼마나 대단한 재능이기에?'

내릴 수 있는 결론은 하나였다.

상상을 초월하는 엄청난 재능.

황실과 상아탑이 군침을 뚝뚝 흘릴 만한, 하다못해 타국에서조차 회유의 기회를 엿볼 정도로 무지막지한 재능. 바로 그러한 존재가 모그리안 영지에 있다는 거다.

'좋은 인상을 심어놔서 나쁠 건 없다.'

영주는 간단한 논리로 입장 정리를 끝냈다.

그 부엌데기의 아들에게 좋은 인상을 심어둔다.

놈이 대단한 마법사가 된다면 그 인상은 득이 된다. 그 반대의 경우도 결코 실이 되어 돌아오지는 않는다.

'문제라면 어미가 부엌데기였다는 건데.'

베네사라면 영주도 얼굴을 기억했다. 부엌데기치고는 상당한 미인이었으니까.

'저 녀석이 가만 뒀을 리가 없지.'

자신의 철없는 딸을 바라보며 혀를 차는 대영주.

눈에 띄는 부엌데기를 그냥 지나쳤을 리가 만무하다.

날 때부터 질투심이 유별났던 딸아이가 분명 못된 장난을 쳤음이 분명할 텐데.

'결단코 그런 적은 없다하니 원.'

어쩌겠는가. 이미 엎질러진 물. 지금부터라도 신중히 처신할 수밖에.

"오는군."

이안을 모셔오는 행렬이 지척까지 이르렀다.

"라비, 마가렛! 다시 한 번 말하지만 언사를 조심하거라. 그럴 자신이 없다면 아예 입도 뻥긋하지 말고. 알겠느냐?"

아이들의 대답이나 표정까지 확인할 수는 없었다. 다가오는 이안과 눈이 마주쳤기 때문이다.

듣던 대로 꾀죄죄한 몰골의 12살짜리 꼬마였다.

'좋은 옷을 입히고, 좋은 음식을 먹이며, 좋은 잠자리에 재우면 될 일이다. 원한다면 글과 승마, 예법도 가르쳐 주지. 대부분 귀족의 그러한 부분을 동경하게 마련이니.'

마법사라고는 하나 아직은 어린아이.

어르고 달래는 것쯤이야 일도 아니겠지.

"어서 오시오."

더 없이 사람 좋은 미소를 보이는 대영주, 그가 이안을 반갑게 맞이했다.

"제국의 마법사여."

※

보름이 지났다.

모그리안 영주성의 제1 연무장.

본디 기사들의 수련장으로 보이는 공간. 그곳에 이안이 보였다.

수련을 위한 장소로 연무장을 선택했다.

마나 호흡은 야외가 더 효율적이다. 더불어 마법 감각도 끌어올려 둘 필요가 있었다.

'오늘은 조용하네.'

평소 꽤 많은 하인들이 연무장을 몰래 지나쳤다.

마법사는 연무장에서 무엇을 할까?

다들 궁금했으니까.

'소문은 누가 내는 건지.'

대부분은 숨 쉬는 모습만 보다가 돌아갔다.

말 그대로 숨 쉬는 모습만. 하나 몇몇 마법을 목격하는 데 성공한 사람들.

그들의 입방정은 실로 대단했다.

"무슨 불덩이로 허수아비를 박살 내더라니깐!"

"내가 본 건 웬 얼음덩이가……."

"괜히 벌써부터 마법사라고 인정을 받았겠어?"

"그럼 그럼, 세상일 다 이유가 있는 게야."

기타 등등의 이야기. 물론 헛소문은 아니다.

'오히려 좋지.'

지금은 통일을 이룬 평화의 시대가 아니다. 언제든 전쟁이 발발할 수 있는 삼국의 시대, 능력이 알려지면 알려질수록 가치는 올라간다.

'최초의 마법사'를 연상케 만드는 천재?

나쁘지 않다. 적어도 통일 전까지는, 물론 의심과 뒷조사는 있을 거다.

상아탑에서 주도적으로 뒷조사를 하겠지.

'그래봤자 나오는 건 없다.'

도대체 무엇이 나오겠는가? 상아탑의 방식은 누구보다 잘 안다.

충분히 감당할 수 있다.

'몸을 사릴 수도 있겠지만.'

조금은 다른 길을 가보겠다. 위험할지언정, 가장 빠른 성장의 길을.

'적어도 한 번의 용언이 가능할 때까지.'

그때부터는 시간을 되돌릴 수 있다. 피식 웃은 이안이 주변을 살폈다.

오늘따라 지나치는 하인도 없다.

"조용한 김에 어디……."

자리에서 일어난 이안이 연무장 바닥에 오른손을 짚었다.

휘오오오……

짧은 찰나.

이안의 손바닥 주변으로 스멀스멀 모여드는 한기.

"프로스트 노바."

이안의 가벼운 읊조림과 함께.

콰득, 콰드득, 콰드드득!

한기를 넘어선 극한의 냉기가 사방으로 뻗어나갔다.

연무장의 바닥, 훈련용 허수아비, 잡풀 한 포기까지, 일대에 존재하는 모든 것이 급속도로 얼어붙었다.

그야말로 장관 중에 대장관.

'부족해.'

정작 이안의 표정은 실망으로 가득했다.

영주성에 들어온 이후 불과 보름 만에 일궈낸 경지. 그야말로 무시무시하게 빠른 성장이다.

단순한 수치로 따지자면 2클래스의 그것과 비슷할 터.

한데도 부족함을 느꼈다.

'연무장이 아니라 영주성을 얼렸을 텐데.'

전생의 몸이었다면 그랬을 거다.

능히 영주성을 얼음성으로 변모시켜 줬을 터.

'마나를 보조해 줄 무언가……'

그것이 엘릭서든, 아티팩트든 성장세를 높이기 위한 보조 수단이 필요했다.

'아직 엘릭서는 힘들어.'

복용 시 일시적으로, 혹은 영구적으로 원기를 북돋아주는 엘릭서. 물론 그 '원기'에는 '마나'도 포함된다.

'지원을 받기 전까지는.'

황실이나 상아탑의 지원을 받는 중이라면 모를까, 당장 엘릭서를 물 들이키듯 마시기에는 무리가 따랐다.

가격이 금값이나 마찬가지거든.

'차라리 아티팩트 쪽이라면.'

저마다 특별한 힘이 담긴 아티팩트의 대부분은 유서 깊은 귀족들이 소유하고 있다.

대대로 물려줘야 할 '가보'라는 형태로.

'사실상 썩히고 있는 거지.'

통일 전쟁 당시, 상아탑은 마법사들의 전투력 향상을 꾀한 끝에 바로 그 귀족들이 썩히고 있는 아티팩트를 대여했다. 제국의 모든 가문을 대상으로, 단 하나도 빠짐없이.

'내가 책임자였고.'

관련 서류를 얼마나 읽었었는지, 덕분에 지금까지도 기억을 하는 이안이었다.

아티팩트의 능력, 형태, 보유 중인 가문까지도.

'모그리안 가문이 아마…… 반지였던가?'

'모그리안 링'이라는 이름의 하급 아티팩트다.

마나 하트의 활동을 촉진시켜 주는 물건으로 기억한다.

'그때는 쓸모없었지만.'

당시 이안은 마나의 괴물이나 마찬가지였다.

오죽하면 반인반룡, 하프 드래곤이란 별명마저 붙었을까.

'지금은 얘기가 다르지.'

소량의 마나조차 아쉬운 상황, 참으로 적기에 만난 아티팩트였다.

'문제는 어떻게 얻느냐는 건데.'

저들은 아직 아티팩트의 존재를 모른다.

그저 가문의 오랜 가보로만 알고 있을 뿐 달란다고 줄 리도 없고, 팔란다고 팔 리도 없다.

"흐음."

딱히 뾰족한 수가 떠오르지는 않았다.

좀 더 여유를 갖고 고민해 봐야겠다.

"마, 마법사님! 마법사님!"

그때, 누군가 연무장으로 달려왔다. 백발이 성성한 모그리안 가문의 노집사였다.

이안을 부르는 목소리에 다급함이 잔뜩 묻어났다.

'저러다 넘어질라.'

지금 연무장 바닥은 온통 얼음판이다.

프로스트 노바를 펼치지 않았던가.

"으헉!"

예상대로였다.

가만뒀다가는 노쇠한 허리가 남아나지 않을 터.

"패더 폴."

재빨리 저속 낙하 주문 '패더 폴'을 걸어주는 이안.

노집사의 몸이 흩날리는 깃털처럼 두둥실 떨어졌다.

"무슨 일입니까?"

"……아! 마, 마법사님! 저희들을 좀 도와주십시오!"

이안의 물음에 조급함을 되찾은 노집사.

다짜고짜 도와달라니? 무엇을?

"영주님께서, 영주님께서 실종되셨습니다!"

"실종이라니요?"

"그, 그것이, 모그리안 산으로 사냥을……."

노집사의 말을 요약하자면 이랬다.

대영주는 정기적으로 사냥에 나선다고 한다. 짐승이 아닌,
모그리안 산의 '몬스터' 사냥을.

한데 일찍부터 사냥을 나섰던 대영주가 돌아오지 않았다.

기사단 일부와 수십의 영지병, 라비 모그리안도 함께.

'모그리안 산이라.'

출몰하는 몬스터라고 해봤자 고블린이 전부.

기사단과 병사들이 우르르 몰려가 고블린한테 당한다?

작은 몸집, 나약한 근력, 아둔한 두뇌, 겁까지 많아 인간을 먼저 공격하지도 못한다.

뿐이랴? 크게 무리지어 다니지도 않는다.

기껏 해봐야 열댓 마리 정도? 애당초 만만하니까 매번 사냥을 나섰겠지.

"기사, 병사들, 사냥꾼에 사냥개, 나무꾼까지 모든 인력을 총 동원했습니다. 한데도 소식이 없어요. 전투가 있었던 흔적 몇 개 빼고는 아무것도……."

정말 고블린 무리에게 패하기라도 했다는 걸까?

'아직 죽을 때가 아닐 텐데.'

대영주 마커스 모그리안은 이보다 훗날 죽음을 맞는다.

그는 1차 통일 전쟁 직전, 적국의 암살자에게 죽임을 당할 운명이니까.

'그 아들놈도 지금은 아니야.'

라비 모그리안이라면 이안도 생생하게 기억한다. 전쟁이 발발하기 무섭게 도망쳐 버린 얼간이.

모그리안 영지를 내던져 버리고 말이다.

종전 직후 그 죄를 물어 참수를 당했었지, 아마?

'정기적으로 나가는 사냥이라면······.'

전생에도 반드시 나섰을 사냥이란 얘기.

이안이 회귀로 파생된 나비 효과는 아니었다.

'살아서 돌아오긴 하겠군.'

미래가 스스로 바뀌지는 않지만 크게 상관할 일은 아닌 듯하다.

"저보단 마르코 님께서 계시지 않습니까?"

파견 마법사의 이름이 마르코였다. 아마 전생에는 그와 호위 기사들이 도왔으리라.

이번 생에도 그리 흘러가도록 두면 될 일.

"파견 마법사님께서는 지금 영지 밖으로 출타 중이신지라······."

영지 밖으로 출타를 나갔다?

다소 뜻밖의 얘기.

'이거야말로 회귀의 영향인가.'

파견 마법사가 영지를 이탈하는 경우는 드물다. 이안 역시 파견을 나가본 경험이 있어서 잘 안다.

모르긴 몰라도 자신과 연관된 일임은 분명할 터, 예컨대 탑주에게 은밀한 보고를 올리는 중이라든가.

'위험할지도 모르겠어.'

대영주의 이른 죽음이 미래를 바꿀 수도 있다.

그것만큼은 반드시 막아야 한다.

미래를 예측할 수 있다는 것이 이안에게 주어진 가장 큰 무기가 아니던가?

마법적 능력과 버금갈 정도로, 아니, 어쩌면 그 이상으로.

"그래서 실례를 무릅쓰고 찾아왔습니다. 마법사님이시라면 뭔가 방법을 알고 계시지 않을까 하는 생각에…… 저희로서는 더 이상 방법이, 방법이 없습니다."

보통 사람에게 마법사란 신비로운 존재.

이안의 마법을 봤다는 목격담까지 파다하다.

막연한 기대를 품는 것도 무리는 아니었다.

지금처럼 방법이 보이지 않는 상황이라면 더더욱.

"어딥니까?"

"예?"

"찾아드리죠."

이안이 확신에 찬 어조로 말했다.

실종된 대영주는 물론 가문의 후계자까지 멀쩡하게 살아있는 그 모습 그대로 찾아드리리라.

미래의 흐름을 완만하게 유지하기 위해서라도.

모그리안 산의 초입은 영주성 뒤편과 맞닿아 있었다.

평소와는 다르게 수많은 사람들이 눈에 띄는 그곳.

사냥에 포함되지 않았던 병사들과 기사들. 뿐만 아니라 가문의 모든 식솔들, 영주의 부인, 막내딸까지 모두 나와 영주와 후계자의 무사 귀환을 기도했다.

"이안?"

이안을 부르는 여인의 목소리.

어머니였다. 다른 이들을 따라 나오신 모양이다.

"얘기는 들었단다. 영주님께서 저 산속에……."

"그래서 수색을 좀 도와주려고요."

"네, 네가……?"

이안의 대답에 사색이 되는 배네사.

"너무 위험하잖니! 너는 아직 어리고, 또……."

"괜찮아요. 벌써 잊으셨어요? 이제 저도 마법사잖아요."

"아무리 그래도……."

그녀의 걱정은 당연했다. 제아무리 엄청난 재능을 가진 마법사라 한들, 그 어미에게는 한낱 어린 아들에 불과할 테니까.

"너무 걱정하지 마세요. 다른 사람은 못 돌아와도 저는 돌아오니까. 아셨죠?"

어머니를 안심시킨 이안이 기사와 병사들에게 다가갔다.

앞서 대대적인 수색으로 지친 기색이 역력한 제1 수색대.

아직 기운이 남아 있는 소수가 제2 수색대였다.

"흔적이 남아 있다는 장소, 일단 거기까지 안내해 주세요."

이안의 요청에 제2 수색대 선임 기사 하나가 나섰다.

"1차 수색 결과 그 주변으로 흔적이 완벽하게 끊어졌습니다. 엄청난 수의 고블린에게 당했다는 사실 외에는 쓸 만한 단서가 더 이상……."

"제게 방법이 있으니, 따라주셨으면 합니다."

까마득히 어린 이안의 말 끊음에 잠깐 굳어졌던 선임 기사.

"……알겠습니다."

이내 정신을 차리고 대답한다.

상대는 마법사다, 곧 황태자가 직접 모시고 갈 마법사 말이다.

그 사실에 나이는 중요치 않다.

귀족에게 신분이 있다면, 마법사에게는 신분과 힘이 있다.

그 수가 조금만 더 많았더라도 세상의 주인이 되었을 힘이.

'얼마나 대단한 마법산지, 두고 보겠어.'

선임 기사는 이안을 믿지 않았다.

재능이야 있겠지. 해서 황태자가 오는 거고, 다만 연무장에서 목격된다는 마법.

하인들이 떠들고, 노집사마저 믿어버린 소문들.

그 마법과 관련된 소문까지는 믿을 수 없었다.

"제2 수색대 전원."

그럼에도 따라야 한다.

상대는 마법사고, 자신들은 방법이 없다.

대대적인 1차 수색은 허탕만 치고 돌아왔다. 2차 수색으로도 무언가 건질 가능성이 희박하다.

다른 이도 아닌 대영주가 실종된 중차대한 상황. 지푸라기라도 잡아야 하지 않겠는가.

"마법사님의 명령에 따라 입산한다."

열을 맞추는 제2 수색대의 기사와 병사들.

그들이 막 산행을 시작하려는 그때였다.

"저, 저기!"

누군가 이안의 팔소매를 잡아당겼다.

적발 소녀, 대영주의 하나뿐인 딸 '마가렛 모그리안'.

이안의 겉모습보다는 네 살 정도 많았다.

"우리 아버지…… 오라버니를 찾아줘. 제발!"

눈물인지 콧물인지 모를 정도로 범벅이 된 얼굴.

"찾아만 준다면 뭐든지, 뭐든지 다 해줄게! 아, 아버지한테 부탁해서 돈도 주고, 땅도 주고, 하인도 주고! 그러니까 제발……."

불과 아침까지와는 태도가 사뭇 달랐다.

'종종 어머니께도 헛소리를 지껄였다지.'

부엌데기 시절에 가끔 그런 일이 있었다고 한다. 정확히는 부엌데기의 미모를 시샘한 쪽에 가까웠다지만.

'음?'

그때 마가렛의 손으로부터 무언가를 발견한 이안. 정확히는 오른손 검지에 착용된 반지가 보였다. 어딘가 모를 고고함이 느껴지는 반지.

'모그리안 링?'

하급 아티팩트, 모그리안 링이 확실했다. 외형은 전생에 봤던 모습 그대로였다. 후계자가 아닌 딸에게 물려준 모양이었다.

"찾아줄게."

"저, 정말?"

이안의 확언에 표정이 환해지는 마가렛.

"대신 뭐라도 하겠다는 말, 지켜."

"진심이야! 정말로 뭐든지 전부……!"

"일단 생각부터 하고 있어."

"새, 생각?"

갑자기 무슨 생각을 하라는 걸까?

도통 이해하지 못하는 마가렛에게 이안이 말했다.

"네가 건 조건들 말고."

"그, 그럼 뭘 해줘야……."

"그걸 생각해 보라는 얘기야."

이안이 멀찌감치 떨어진 곳을 응시하며 말하자 반사적으로 그 시선을 쫓는 마가렛. 거기에는 이안의 어머니, 베네사가 걱정 가득한 표정으로 서 있었다.

"……!"

이내 무언가 알아챈 듯 황급히 시선을 거둔다. 복잡해진 심중이 얼굴 표정에 그대로 드러났다.

"그리고."

또다시 이어지는 이안의 목소리.

마가렛의 얼굴에 미미한 두려움이 서렸다.

"그 반지."

"바, 반지?"

"빌려줘."

빌려달라는 말에 잠시 망설이는 마가렛.

그녀는 물론 모그리안 가문의 사람들도 아직 아티팩트란 존재를 알지 못했다.

"이건 왜?"

"마나가 느껴지거든."

"마나라니?"

"사람들을 찾는데 도움이 될 거야. 그러니까."

"……."

쉬이 결정을 내리지 못하는 마가렛이었다.

평범한 반지였으면 모를까, 무려 가문의 가보다.

아버지께서 마가렛에게 특별히 허락해 주신 가보, 한데 이 반지에서 마나가 느껴진다니?

심지어 아버지와 오라버니를 찾는데 도움이 된단다.

"아, 알았어."

마가렛의 손가락을 떠난 반지가 이안에게 왔다. 아직 고사리 같은 손, 엄지로 착용해야만 했다.

두근!

착용하기가 무섭게 느껴지는 마나 하트의 박동 소리.

이 감각, 마음에 쏙 드는 이안이었다.

"가죠."

철부지 귀족 아가씨를 뒤로한 채.

이안은 수색대를 따라 모그리안 산의 흙을 밟았다.

전체적으로 산세가 험한 편은 아니었다. 오히려 산치고는 탁 트인 길목.

그만큼 사냥을 자주 나섰다는 증거였다.

"깊이 들어가야 합니까?"

묵묵히 산길을 오르던 이안이 기사에게 물었다.

"흔적이 발견된 곳까지는 그리 멀지 않습니다."

"평소에도 그쯤에서 사냥을 시작했습니까?"

"아뇨, 평소에는 좀 더 깊숙이 들어가야 고블린을 볼 수 있었는데…… 그러고 보니 좀 이상하군요."

기사의 표정이 한껏 심각해진다.

"정기적으로 사냥을 나간다고 들었는데."

"예, 매달 초하루. 특별한 일이 없다면 말입니다."

"익숙하겠네요. 사냥꾼들이 어디서 어떻게 움직이는지."

'사냥꾼'이란 대영주와 그 무리를 칭하는 말이었다.

고블린의 눈에는 그저 인간 사냥꾼으로 보일 테니까.

"그 말씀은……."

"놈들이 매복을 했을 수도 있다는 얘깁니다."

"고블린들이 말씀이십니까?"

이내 회의적인 반응을 보이는 기사.

"놈들이 그런 판단 자체를 할 수 있을 리가……."

익히 알려진 바, 고블린은 지능이 현저하게 떨어진다.

유사 인류로서 최소한을 갖추고는 있으나, 해봐야 3살 정도 어린아이의 수준에 그친다. 그런 놈들이 먼저 공격할 용기를 갖는 것부터가 무리일뿐더러, 경로까지 미리 예측하고 습격한다?

'불가능하지.'

저 멀리 남부 대평원의 '홉 고블린'이라면 모를까.

영지 내 평범한 고블린에게는 버거운 일이다.

생각이 거기까지 닿았을 때.

"여깁니다. 이 일대를 보시면 전부……."

어느덧 목적지에 도착했다.

인간의 붉은 핏자국, 고블린의 녹색 핏자국. 전투의 흔적으로 보기에 충분한 형국이다. 다만, 인간의 시체가 보이지 않았다.

여기저기 널브러진 고블린 시체만 보일 뿐.

"우리 쪽 희생자는 벌써 수습하신 겁니까?"

이안의 물음에 고개를 저어 보이는 기사.

"처음부터 보이지 않더군요. 아무래도……."

모두 고블린한테 잡혀갔다는 얘기다.

생포를 해갔든, 시신만 가져갔든.

'이상한 점이 한두 개가 아니야.'

일단 흔적의 규모가 너무나도 컸다.

고블린의 시체만 수십 구에 달한다. 실제로는 수백의 고블린이 급습했을 터.

'몰려다니는 놈들이 아닐 텐데.'

애당초 소수의 부락만 이루어 짐승을 사냥하거나, 열매로 연명하며 살아가는 개체다. 한데 수백 마리가 모여 인간을 사냥했다고? 생각하면 생각할수록 흥미가 생긴다.

'구심점이라도 나타난 건가?'

지능이 높고, 모그리안 산의 모든 고블린을 규합시킬 힘과 의지가 있으며, 최소한의 지휘 능력까지 갖춘 '상위 개체'.

"혹시 산에 다른 몬스터가 또 있습니까?"

"글쎄요. 제가 알기로는 없습니다."

"흐음."

머리로 백날 고민해 봤자 답은 나오지 않는다.

슬슬 행동으로 알아낼 때가 온 듯싶다.

"소환술."

작은 읊조림과 함께 검지를 치켜드는 이안.

그가 허공에 은빛의 마법진을 그렸다.

"늑대 정령."

완성된 마법진에 두 번째 시동어가 걸린다. 그러자 더욱 강렬한 은색의 빛이 뿜어졌다.

마법진이라는 문이 조금씩 열리며 생겨난 틈새.

그 작은 틈새로 새어 나오는 빛처럼.

[아- 우- 우- 우!]

순간 기사와 병사들은 자신의 귀를 의심했다.

마법진 속에서 들려오는 기이한 울음소리. 늑대 특유의 하울링 소리였다.

"뭐야? 어디서 우는 거야?"

"방금 늑대 정령이라 하지 않았어?"

"울음소리가 좀 이상한데……."

약간의 수군거림이 잦아질 무렵.

자그마한 무언가가 소환진을 비집고 나왔다. 그러더니 바닥으로 툭 떨어지는 게 아닌가?

"느, 늑대?"

병사들의 말처럼 늑대가 맞다.

웬 늑대 한 마리가 덜컥 소환된 거다.

한데, 늑대가 조금 이상하다.

분명 늑대이긴 한데.

[으르르…… 아우웅?]

앙증맞은 울음소리, 강아지만 한 체구.

아직 다 자라지 않아 뭉툭한 턱.

이안을 올려다보며 살랑살랑 흔드는 꼬리까지.

"새끼 늑대……?"

누군가의 표현 그대로 새끼 늑대.

정확히는 '새끼 늑대 정령'이었다.

누가 보면 강아지인 줄 알겠다. 눈매만 조금 사나운 강아지.

딱 그 꼴이다.

'전생에는 큼직한 놈이 나왔었는데.'

현재 수준의 마나량으로는 이 정도가 적당했다. 더 투자하기엔 여분이 부족할지도 모르니까.

'이래서 소환술이 인기가 없지.'

마법사 중 9할이 평생을 1클래스 내지 2클래스에 머문다. 즉 대부분의 마법사한테 소환술이란 이따금씩 귀여운 정령 한 마리 구경하고 싶을 때나 쓰이는 마법이란 얘기다.

"우와…… 마법 쓰는 거 처음 봐."

"자넨 본 적 있어? 수도 출신이잖아."

"아무렴! 봤지. 내가 누군가?"

"오오."

너도 나도 한마디씩 거든다.

마법이 신기하긴 신기한 모양이다.

"이리 와."

붉은 피가 뿌려진 곳으로 늑대 정령을 부르는 이안. 주인의 목소리를 들은 강아지처럼 후다닥 달려온다.

"이 냄새들, 어디로 갔는지 찾을 수 있겠어?"

킁킁거리며 주변을 배회하는 늑대 정령.

냄새로 추적해 보겠다는 심산인 것 같은데.

"마법사님."

"말씀하세요."

"계속 이런 말씀 드려서 죄송합니다만, 이미 일차 수색 때 사냥개를 풀어봤습니다. 얼마 가지 못하고 헤매더군요. 의도적으로 흔적을 분산시킨 모양입니다."

그러니 냄새로 추적하는 것은 불가하다.

그런 말을 우회적으로 건네는 선임 기사였다.

일리가 있기도 하고.

다만.

"개는 사람보다 후각이 뛰어나다고 하죠? 수백 배 정도."

이안은 대답 대신 질문을 던졌다.

"그렇게 들었습니다."

"늑대 정령의 후각은 개보다 수백 배 뛰어납니다."

"그, 그게 정말입니까?"

"책에서 봤습니다."

"……예?"

"마법의 모든 것이라고, 유명한 책 있잖아요? 대마법사 루크가 쓴 책인데."

"아, 알긴 압니다만……."

자신감 넘치게 말하더니 그 끝은 책이라?

선임 기사가 늑대 정령을 물끄러미 쳐다봤다. 킁킁거리는 모습이 수색의 긴장마저 풀게 만든다.

저 앙증맞은 걸음걸이는 또 어떻고?

'정말 저런 녀석이?'

하물며 책에서 봤단다.

그래, 유명한 책인 건 안다. 기사인 본인조차 읽었을 정도

이니.

수많은 마법에 관한 묘사가 수록된 책.

전설적인 마법사가 쓴 책이다.

아무리 그래도…… 이런 젠장.

정말 믿고 따라도 되는 걸까?

의구심이 불거지는 그 순간.

[아웅! 아우웅!]

우뚝 멈춰서 갸르릉 거리는 늑대 정령.

따라오라는 말처럼 느껴졌다.

실제로 그랬으니까.

"갑시다."

이안을 포함한 수색대 전원이 움직였다. 그 선두는 새끼 늑대 정령의 몫이었다.

녀석은 이리 뛰고 저리 뛰며 냄새를 추적했다. 아마 전생에도 비슷한 그림이었으리라.

파견 마법사 마르코 역시 소환술을 선택했겠지.

[쿵쿵! 쿵쿵!]

숲과 나무를 가르고 거침없이 달린다.

늑대 정령과 마주치자 벌벌 떠는 산짐승들.

아무리 흉포한 놈이라도 마찬가지였다. 저래 봬도 짐승의 정령 아니겠는가.

한입거리조차 되지 않을 것 같지만 말이다.

"후우, 후우, 후우!"

병사들의 숨소리가 점점 거칠어진다.

산속 깊숙이, 깊숙이, 또 깊숙이.

어찌나 깊숙이 들어왔는지 모르겠다. 이제는 산에서 빠져 나갈 걱정을 해야 할 때쯤.

[그르르르르……]

잘 나아가던 녀석이 일순간 멈춰 섰다. 뿐만 아니라 경계 태세를 갖춘다.

"멈춰요."

이안의 작은 목소리에.

"정지!"

선임 기사가 모두를 정지시켰다.

자세를 낮추는 것도 잊지 않았다.

사박. 사박.

신중하게 약진하는 이안. 풀 밟는 소리만이 조용히 울 렸다.

'협곡?'

그 앞으로 펼쳐진 것은 커다란 협곡이었다. 자칫 떨어졌다 간 뼈도 추리지 못할 깊이.

양쪽 곡벽으로 뚫린 동굴까지.

은거지로 사용하기에 부족함이 없어 보였다.

"저기…… 저기를 좀 보십쇼!"

협곡 아래를 살펴본 병사가 다급하게 소리쳤다. 그리고 곧 모두의 안색이 새파래졌다.

"저, 저게 말이 돼?"

"무슨 고블린이…….

협곡바닥의 가장 깊숙한 곳.

그곳에 펼쳐진 실로 어마어마한 광경.

"도대체 몇 마리야……?"

고블린이 모여 있었다.

간단하게 표현하자면 그랬다. 단지 그 머릿수가 과하게 많다는 점.

대충 봐도 오백 마리는 넘을까?

그때였다.

둥-! 둥-! 둥-! 둥-! 둥-!

묵직한 북소리와 함께 움직이기 시작한 고블린들.

순식간에 둥그런 형태로 헤쳐모여 중앙을 비운다. 뿐이랴? 그 중앙으로 통하는 길까지 낸다.

훈련된 병사처럼 조금의 무질서함도 허용치 않았다.

"저, 저건 또 뭐지?"

수색대의 이목이 집중되는 곳. 고블린들이 만든 길 위를 뚜벅뚜벅 걸어가는 정체불명의 몬스터 한 마리.

'홉 고블린?'

이번에야말로 이안의 눈이 휘둥그레졌다.

성인 남성만 한 덩치, 연분홍색 피부. 잠깐 떠올렸던 홉 고블린이 확실했다.

'어떻게?'

홉 고블린은 남부 대초원에만 서식한다. 이안의 상식으로는 분명히 그랬다.

방금부로 틀려먹은 상식이 되어버렸지만.

'저놈이 우두머리 행세를 했던 건가.'

확실한 것은 놈이 왕 행세를 한다는 사실이다. 모그리안 산 모든 고블린들의 왕 행세를.

둥─! 둥─! 둥─!

또다시 울려 퍼지는 북소리.

곡벽의 동굴로부터 또 다른 고블린들이 나타났다.

하나같이 무언가를 끌고 나오는 모양새였는데.

"영주님……?"

선임 기사가 벌떡 일어나며 말했다.

고블린에게 끌려나온 무언가의 정체, 그 정체는 바로 대영주였다.

"공자님께서도 아직 살아계십니다!"

"저기 단장님이······!"

그뿐만이 아니었다.

가문의 후계자 라비 모그리안.

모그리안 기사단장 제임스, 그밖에 살아남은 기사와 병사들까지.

모두가 포박된 몸으로 질질 끌려나왔다.

"키악! 키악! 키악! 키악!"

고블린의 함성 소리가 협곡을 뒤흔든다. 일렬로 꿇어앉은 인간들에게 오물까지 집어 던진다.

증오와 광기로 물든 고블린 협곡.

바야흐로 인간 처형식이 시작되었다.

스릉!

그 모습에 가차 없이 칼을 뽑아 드는 선임 기사. 다른 이들도 마찬가지였다.

"영주님을 구해야 한다!"

당장에라도 협곡을 타고 내려갈 기세.

"이대로 가면 몰살입니다."

그런 그들에게 이안이 말했다.

고블린의 머릿수가 수백을 육박한다. 2차 수색대의 인원으로는 이기지 못할 싸움.

"보고만 있을 수도 없지 않습니까!"

물론 말이 통하지는 않는다.

모두들 대영주의 모습에 흥분한 상태.

충분히 예상한 바였다.

"보고만 있으세요."

"무슨……!"

당부는 거기까지였다.

한 치의 망설임도 없이 협곡 아래로 뛰어드는 이안.

"마, 마법사님!"

"패더 폴."

그 모습에 선임 기사가 기겁하며 소리쳤다. 곡벽을 타고 내려가는 게 아니었으니까. 말 그대로 힘껏 뛰어내렸다.

추락한다는 뜻이다.

"……어?"

하나 이안은 추락하지 않았다.

천천히 떨어지고 있을 뿐이었다. 대각선을 그리며 말이다.

저속 낙하 주문의 효과였다.

'딱 맞게 도착하겠군.'

고블린 무리의 정중앙.

즉 대영주와 사람들 근처로 착지한다. 그럼 단숨에 끝내 버릴 수 있다.

반지의 힘까지 쥐어짜낸다면 해볼 만하다. 마침 예쁘게들 모여 있지 않는가?

'남김없이 전부 다 쏟아야 해.'

이내 마나를 끌어 모으기 시작한 이안.

오른손으로 흘러든 마나가 찬 기운을 토했다. 허공에 서리가 낄 정도로 차갑게.

"키악! 키악! 키악!"

접근할수록 놈들의 함성도 크게 들렸다.

고블린 특유의 찢어지는 쇳소리, 썩 듣기 좋은 음색은 아니었다.

'조금만 더.'

이안이 몸을 틀어 낙하 각도를 좁혔다. 사형장 가운데로 떨어질 수 있도록.

'조금만 더.'

발아래로 영주와 사람들이 보였다. 아직은 높이가 꽤 남아 있는 상황.

'조금만 더.'

지척에 이르렀다.

숨을 죽인 채 하반신으로 마나를 흘려보냈다. 다리가 착지의 충격을 버틸 수 있도록.

"키이익?"

고블린이 하나둘씩 이안의 존재를 인식했다.

허공으로부터 두둥실 내려오는 인간을 본 홉 고블린이 도끼를 잡았다.

"해제."

이윽고 추락하기 시작한 이안의 몸뚱이. 패더 폴을 해제해 버린 까닭이었다.

하지만 괜찮다. 보다 가까워진 높이, 강화된 하반신.

두 가지면 충분하다.

쿵!

이미 모든 희망을 접었던 대영주.

그 어린 후계자와 기사, 병사들, 바로 그들의 앞에 이안이 착지했다.

"프로스트."

서리가 흩날리는 이안의 오른손이 바닥을 짚었다.

"노바."

연무장을 강타했던 이안의 냉기마법.

그 범위만큼은 본연의 클래스를 아득히 넘어선 주문.

프로스트 노바.

콰득! 콰드득! 콰드드득!

사방으로 뻗어나간 냉기가 고블린을 집어삼킨다. 연무장에서 시전했을 때보다 한층 강력해진 위력.

쥐어짜낼 수 있는 일말의 마나까지 몽땅 태워 버린 결과였다.

"키이이익!"

"키아아아악!"

고블린들의 함성 소리가 전부였던 협곡.

이제는 얼음 지옥이 되어 잔혹한 비명만이 낭자했다.

"저게……."

오직 책으로나 접할 수 있었던 마법사의 힘.

그 진정한 힘을 협곡 위에서 목격한 수색대. 그들은 이미 넋을 잃은 채 두 눈만 껌뻑거렸다.

손에 쥔 병장기가 무색해질 정도로.

"마법사……?"

'이렇게 죽는 건가.'

대영주 마커스 모그리안이 침통함에 몸서리를 쳤다.

고블린 따위에게 죽임을 당하는 운명이라니.

온갖 귀족들한테, 거리의 호사가들한테 대대손손 비웃음을 당하겠지.

'라비, 내 아들이라도 살렸어야 했어.'

몬스터 사냥은 단지 여흥거리였다. 설마 그 여흥이 가문의 앞날까지 망칠 줄이야.

단 한순간도 걱정해 본 바가 없었던 사태.

"키익!"

눈앞에 고블린이 보인다.

다른 고블린과는 생김새부터가 달랐다.

분홍색 피부, 커다란 덩치, 수준급의 전투 능력, 뿐만 아니라 놈이 고블린들을 통솔하고 있었다.

매복이 있었고, 압도적인 숫자에 당했다.

'이 사실을 영지에 알려야……'

수백이 넘는 고블린 무리를 봤다.

통솔력을 가진 붉은색 고블린도 있다.

놈들은 더 이상 사냥감이 아니었다.

아주 위협적인 대규모 도적 떼나 마찬가지.

쿵!

이내 모든 것을 포기하려는 찰나.

무언가 바닥으로 떨어지는 소리가 들렸다.

"프로스트 노바."

이어지는 목소리.

앳된 어린아이의 그것이었다.

마지막 힘까지 다해 눈꺼풀을 잡아당겼다. 그 앞에는 어떤 소년의 뒷모습이 보였다.

'저 소년은……'

사방으로 뻗어나가는 얼음 지옥.

도망치는 고블린들의 처절한 비명 소리.

그 아비규환의 장이 비현실적으로 느껴질 무렵 소년이 뒤를 돌아봤다.

"아버지."

아버지라니?

저 소년의 목소리는 아니다.

어디서 들리는 거지?

"아버지!"

대영주의 눈이 번쩍 뜨였다. 소년도, 고블린도, 얼음 지옥도 보이지 않았다.

익숙한 방, 자신의 침실이었다.

"마가렛……?"

마가렛이 대영주를 애타게 불렀다. 혼절한 아비의 뒤척임을 보았기 때문이다.

"어떻게…… 어떻게 된 게냐?"

실로 많은 의미가 내포된 질문.

"마법사님께서 구해주셨어요. 아버지도, 오라버니도."

"다른 사람들은? 모두 살아 있느냐?"

"그건……."

고블린에게 생포되었던 이들은 모두 살았다.

하지만 기습을 당했을 때 희생당한 병사들, 그들은 어쩔 도리가 없었다.

마법사도 망자까지 되살릴 수는 없으니까.

"내가 얼마나 누워 있었지?"

"이틀을 꼬박 누워계셨어요. 얼마나 걱정했는지……."

"호가를 불러오너라."

호가는 노집사의 이름이었다.

"네? 어머니랑 오라버니부터……."

"그리 할 게다. 먼저 해둘 일이 있을 뿐이야."

마가렛은 더 이상 말대꾸를 하지 않았다. 대신 노집사를 부르고자 침실 밖으로 나섰다.

"별일이 다 있군. 고분고분한 마가렛을 다 보고."

실없는 혼잣말.

그로부터 얼마나 지났을까, 백발의 노집사 호가가 헐레벌떡 달려왔다.

"영주님! 깨어나셔서 정말 다행입니다!"

"자네가 고생이 많았겠지."

"고, 고생이라니요! 당치도 않습니다."

감격에 겨운 얼굴의 노집사.

영주가 그런 노집사의 어깨를 다독여 줬다.

"죽은 이들이 몇이나 되는가?"

"영주님……."

"괜찮으니 말해보게."

"열두 명의 병사들, 그리고 로튼 경께서……."

여흥의 여파로 죽기에는 너무나도 많은 목숨.

그 아까운 목숨들이 유명을 달리했다. 만약 고블린 놈들이 즉살을 원했다면 어땠을까?

사냥에 참가한 모두가 비명횡사를 면치 못했으리라.

'끔찍하군.'

영주가 찰나의 묵념을 올렸다.

그는 계산적인 사람이다. 하나 그 모든 계산은 영지의 안녕을 위한 것.

가문과 영지에 충성을 바친 이들이 죽었다.

마음이 무거웠다.

"그래. 유족들에게 보상은 지급했는가?"

"한도 내에서 최대한으로 지급했습니다."

"잘했…… 윽!"

고개를 끄덕이던 영주가 신음을 토해냈다.

혼절의 여파가 머릿속을 쿡쿡 찌른다.

노집사의 걱정스러운 눈길을 보고 손을 휘휘 저으며 할 말을 이어갔다.

"마법사님께서 구해주셨다고 들었네만, 마르코 님이 신가?"

영주는 당연히 그럴 거라 여겼다.

어렴풋이 이안을 본 것 같기도 했으나, 그게 꿈인지 생시인 지조차 구분이 되지 않았다. 게다가 그 어린 소년이 어떻게 자신들을 구해줬겠는가? 아무리 재능이 넘친다 해도……

"아닙니다. 마르코 님께서 영지 밖으로 출타 중이신 바람에, 소인이 이안 님을 찾아가 도움을 청했습니다."

아무래도 꿈이나 환상이 아니었던 모양이다.

"이안 님께서 모두를 구해주셨습니다."

"……"

설마 그 얼음 지옥이 이안의 작품이었을 줄이야. 고개가 절로 끄덕여졌다. 이제 좀 납득이 간다.

'난리가 날 만하군.'

황실과 상아탑이 그토록 이안을 원하는 이유.

모그리안 가문에게 이안의 보호를 명령한 이유.

'사방팔방에서 군침을 질질 흘릴 테니.'

전란의 시대가 저물고 삼국 체제로 굳어진 지 60년. 삼국 은 모두 마법사를 양성하는 데 혈안이 되었다.

언제 또 발발할지 모르는, 혹은 언제든지 발발할 수 있는 전쟁.

지금 이 순간에도 각국의 첩보전이 치열할 터.

'암살의 문제가 아니야. 포섭을 시도하겠지.'

마법사가 전장을 좌지우지하는 시대. 적국의 마법사는 곧 암살의 대상이다.

어마어마한 재능을 가진 자라면 더더욱 그렇다.

문제는 그 대상이 열두 살짜리 꼬마라는 것.

암살에 앞서 포섭부터 시도하기에 충분한 나이다.

'상상 이상의 거물에게 목숨을 빚졌구나.'

생각을 정리한 대영주가 다시금 입을 열었다.

"마법사께서는 어디에 계시는가? 내 직접 봐야겠어."

"그것이, 지금 당장은 힘들 것 같습니다."

"어째서? 혹 몸이 상하신 겐가?"

"아닙니다. 아주 멀쩡하십니다. 다만……."

말문을 멈췄던 노집사는 조금은 당혹스러운 표정으로 말했다.

"장사를…… 하러 가신다고."

"장사?"

영주가 깨어난 그 시각, 모그리안 산.

한때는 고블린들의 은거지였던 협곡.

그곳에 이안이 낯선 사람들과 함께 있었다.

"전부 최상품입니다! 이런 적은 처음이에요."

고급스러운 옷차림의 배불뚝이 중년인. 그가 이안에게 굽실거리며 중얼댔다.

"그럴 겁니다. 죽기도 전에 얼렸으니까."

"맞습니다! 아주 탁월하신 선택이셨습니다."

중년인의 정체는 바로 장사치. 영지에서 가장 규모가 크다는 상단.

'포이언 상단'의 책임자였다.

"가격은 얼마쯤 나옵니까?"

이안은 지금 거래를 하고 있었다.

고블린들의 시신을 그대로 둬서 뭣하겠는가? 얼음이 다 녹으면 썩어버리기나 하겠지.

그보다야 챙길 수 있을 때 챙겨두는 편이 좋다.

"어디 보자. 고블린 전신 사체 최상품이 육백 마리하고도 스물한 마리에다가……."

몬스터의 사체는 돈이 된다.

부위 하나하나가 연금술의 귀중한 재료로 쓰인다. 그밖에도 여러 분야에 두루두루 수요를 일으킨다.

물론 고블린의 사체 자체가 비싼 편은 아니다.

약하고 흔한 몬스터 아니겠는가. 다만 머릿수의 힘이 컸다.

"홉 고블린까지 한 마리…… 이야! 여기서 홉 고블린 시체를 구경할 줄은 꿈에도 몰랐습니다. 정말."

이안 역시 공감하는 바.

그 정도로 홉 고블린의 발견은 특이한 경우였다.

따로 알아볼 필요가 있을 정도로.

"아무튼, 못해도 삼천 골드 정도는……."

장사치가 말꼬리를 흐리며 이안의 눈치를 살핀다. 아무리 어리다 한들 마법사다. 무려 수백 마리의 고블린을 학살한 마법사.

싸게 후려칠 욕심 따위 추호도 없었다. 쏠쏠하게 남겨먹는 이윤도 좋다지만, 목숨은 더 중요하다.

"물론 어디까지나 최소한의 계산입니다."

무표정으로 일관하는 이안.

가격이 만족스럽지 않은 걸까?

"다, 다시 한 번 말씀을 올리지만 최소……."

"아, 그런 게 아니라."

상단이 제시한 가격은 마음에 들었다. 단지 그 돈으로 무엇을 할까 고민해 봤다.

"혹시……."

결정을 내린 이안이 물었다.

"영지에 괜찮은 연금술사가 있습니까?"

"괜찮은 연금술사라 하시면……?"

"엘릭서 제조에 능한 자였으면 좋겠군요."

본래 엘릭서는 논외의 대상이었다. 당장 수중에 가진 돈이 없었으니까.

하지만 곧 사정이 달라진다. 최상품은 아니더라도 그럭저럭 쓸 만한 엘릭서 몇 병 정도는 충분히 노려봄직하다.

"물론 있습죠. 저쪽 로이드 마을에 사는 친군데, 원래는 수도 사람입니다. 무슨 약초 때문에 북부까지 내려왔다고 하더군요. 이름이……."

잠시 연금술사의 이름을 떠올려 본 상인.

"아! 레디오. 레디오라는 친굽니다."

연금술사 레디오.

이안이 그 이름을 입속으로 굴려봤다. 일단 전생의 기억에는 존재하지 않는 인물.

"원하신다면 자리를 마련해 보도록 할까요?"

"아뇨, 나중에 직접 찾아가죠."

대화를 끝낸 이안이 홀로 협곡을 빠져나왔다.

슬슬 모그리안 영주성의 저녁 시간.

영주성의 분위기는 그야말로 침울 그 자체였다. 사람들이 죽어나갔고, 대영주는 의식불명에 빠졌다.

'이제 좀 깨어났으면 좋겠는데.'

덕분에 빵 한 조각 넘기는 것도 부담스러울 지경이다.

그런 불편한 자리에 어머니만 혼자 둘 수도 없는 노릇.

속히 발걸음을 재촉하는 이안이었다.

"자네도 봤어야 한다니깐?"

"거 고만 좀 하게."

"웬 얼음이 그냥 사방으로 쫘아아아아악!"

"벌써 몇 번을 우려먹어?"

"수백 마리 고블린들이 비명을 지르는데!"

"어휴……."

"책으로 읽는 거랑은 차원이 달라! 차원이!"

뉘엿뉘엿 저물어가는 하늘.

영주성의 정문을 지키는 병사 두 명이 보인다.

왼쪽은 이안과 함께 2차 수색에 나섰던 병사. 오른쪽은 1차 수색 이후 빠진 병사였다.

"오죽하면 기사 양반들까지 넋이 빠져가지고는!"

"저게 마법사냐고 중얼거리셨다?"

"바로 그거지!"

오른쪽 병사가 고개를 절레절레 흔들었다.

이미 수차례 들은 이야기. 처음에야 흥미롭게 들었다.

그게 사실인가? 정말이야? 세상에! 엄청나구먼!

진심 어린 맞장구까지 치면서. 딱 그쯤하고 끝냈다면 좋았으련만.

"내가 그런 분이랑 영주님을 구하다니! 나중에 은퇴하면 꼭 책을 쓸 거야. 마법사와 창술의 대가, 두 영웅의 일대기! 크으! 듣기만 해도 가슴이 막 펄떡펄떡 뛰지 않아?"

왼쪽 병사가 들고 있는 창을 쿵쿵 찍으며 말한다.

아무래도 창술의 대가 쪽이 본인인 모양.

"창술의 대가는 얼어 죽을."

"왜 이러실까? 내가 이래 보여도 창질 하나만큼은……."

"글이나 쓸 줄은 알고?"

"어허! 다 공부하고 있다니까!"

"얼씨구, 퍽이나!"

두 병사의 대화가 계속되는 사이, 누군가 영주성으로 다가왔다.

작은 체구, 어린아이다.

"마법사님?"

왼쪽 병사가 이안을 한눈에 알아봤다. 그토록 자랑했던 수색 동지 아니겠는가.

"어, 어서 들어가 보십시오! 영주님께서 깨어나셨습니다."

듣던 중 반가운 소리다.

오늘은 식사를 좀 편하게 할 수 있겠다. 한결 가벼워진 마음으로 발걸음을 내딛는 이안.

하인들의 표정부터가 달라졌다.

어제까지만 해도 찾아볼 수 없었던 활기. 그 활기가 마침내 영주성으로 돌아왔다.

"오오! 마법사님!"

노집사 호가의 목소리.

이안을 기다리고 있었던 모양이다.

"마침 잘 오셨습니다."

"오면서 깨어나셨다는 얘기는 들었습니다."

"그러셨습니까? 정말 다행이지요."

아직까지 감격을 지우지 못한 노집사.

가문의 집사로서 흠잡을 데가 없는 인물이었다.

"저녁식사는 예정대로 진행됩니까?"

"오, 물론입니다. 영주님께서는 특히 마법사님께서 만찬에 참석해 주시기를 당부하셨습니다. 아무래도 하실 말씀이 있으신 것 같은데…….”

이안에게 할 말이라. 하긴, 목숨을 빚졌다. 자신뿐만 아니라 아들과 기사, 병사들까지.

할 말이 없다면 그것도 문제다.

"꼭 참석하도록 하죠."

"준비가 되면 사람을 보내겠습니다."

그렇게 이안이 방으로 돌아왔다.

어머니와 함께 쓰는 널따란 방.

"이안? 이제 왔니?"

듣는 것만으로도 포근함이 느껴지는 목소리.

언제나 그랬듯 베네사가 이안을 반겼다.

"다녀왔……."

순간 이안의 말문이 턱하고 멈췄다.

"옷이……?"

"으응? 아, 이거?"

한 바퀴 빙글 돌며 자태를 뽐내는 베네사.

이안이 놀란 이유는 바로 저 의상이었다.

지금껏 가문이 권한 의복을 한사코 거절하신 어머니다 한데 지금 저 차림새는 누가 봐도 귀족 부인들의 예복.

그뿐인가? 값비싼 보석으로 수놓아진 액세서리까지.

"어울리니? 엄만 잘 모르겠는데."

"어울리세요, 정말로."

무릇 치장의 완성은 본연의 미, 어울릴 수밖에 없으리라.

"그래? 다행이다."

"어떻게 된 거예요?"

"실은 아가씨께서 골라주셨단다."

"아가씨가?"

"그럼! 이 보석들까지 전부 다."

아가씨라면 대영주의 딸 마가렛을 칭할 터.

"내가 평소에 입고 다니는 꼴이 거슬리셨나 봐. 그치?"

그거야 맞는 말이기는 하다. 얼마 전까지는 확실히 그랬을 터, 지금은 또 어떨지 모르겠지만.

'주제에 괜찮은 생각을 했네.'

이안은 잠시 어머니를 바라보았다.

그녀의 나이 스물아홉, 적은 나이는 아니나 많은 나이도 아니다.

'귀족이었다면, 아마 사교계를 주름잡으셨을지도.'

꾸미고보니 더욱 확실해졌다.

이안은 대륙 최고의 대마법사였다. 자연스레 수많은 영애들의 구애를 받았다. 제국의 꽃이라 불리던 수많은 미녀들. 한데도 어머니만큼의 미인을 만나본 바가 손에 꼽힌다.

'어떻게 내가 태어났는지 원.'

새삼 핏줄의 오묘함을 실감하는 이안이었다.

아버지가 오크라는 별명으로 유명했다던데. 그걸 감안한다면 다행이 아닐까 싶기도 하다.

이 정도 수준에서 그친 것이.

"흐음."

문득 고블린을 팔아치워 얻은 골드가 생각났다. 단 한 푼도 빠짐없이 엘릭서에 투자하고자 했지만.

'조금은 남겨둬야겠어.'

그래야 어머니께 뭐라도 사드릴 것이 아닌가? 모자라면 몬스터나 더 잡아다 팔지 뭐.

"앞으로 계속 그렇게 입고 다니세요."

"그건 좀…… 너무 부담스러운데."

"에이, 어머니도 속으로는 뿌듯하시잖아요."

"뿌, 뿌듯하다니!"

"천재는 자기가 천재인 거 알고, 미인은 자기가 미인인 거 안다고 하더라고요. 모르는 게 이상한 거라고. 피차 알 만한 사람끼리 왜 이래요?"

"요게! 마법사님 됐다고 못하는 소리가 없어!"

짐짓 부끄러운 듯 이안의 볼을 쭉 꼬집는 어머니.

이안은 그런 어머니의 손을 가만히 받아들였다. 평범한 12살배기 꼬마처럼 말이다.

'다른 사람들은 몰라도 어머니께는……'

분명 달라진 이안에게 위화감을 느끼고 계실 터.

이럴 때라도 그 위화감을 덜어드리고 싶었다.

똑똑!

이안의 볼이 쭉쭉 늘어지는 그때.

노크 소리가 들려왔다.

"들어오세요!"

이안이 잽싸게 외치자 황급히 손을 떼는 어머니.

나중에 두고 보자는 눈빛을 보내신다.

"마법사님, 페이지 부인."

문을 여는 가문의 하녀.

이안과 베네사에게 정중히 인사를 올렸다.

"만찬이 준비되었습니다. 지금 가시겠습니까?"

"그러죠."

이안과 베네사가 하녀의 뒤를 따랐다.

식당에는 이미 대영주와 그 부인과 아들딸까지 모그리안 일가의 모두가 기다리고 있었다.

아직 음식은 나오지 않았다.

노집사의 귀띔대로 식사에 앞서 할 말부터 하려는 모양새.

"오! 어서들 오시오. 어서들."

대영주가 반가운 얼굴로 이안과 베네사를 맞이했다. 이전까지와는 달리 진심이 느껴지는 표정이었다.

"몸은 좀 어떠십니까?"

"많은 이들이 염려해 준 덕에 괜찮소."

"다행이군요."

"마법사께 입은 은혜, 내 진심으로 감사를 드리오."

정중한 태도로 감사를 건네는 대영주.

그 모습에 후계자 라비 역시 머리를 숙였다.

"모그리안 가문의 현재와 미래, 그리고 기반을 지켜주신 거나 마찬가지가 아니겠소? 내 이 은혜를 모른 척 넘어간다면 제국의 대영주라 할 수 없지."

가문의 현재는 대영주를, 미래는 후계자.

기반은 기사와 병사들을 뜻하는 표현이리라.

"고민을 좀 해봤소. 으레 그렇듯 처음에는 재물이나 토지, 누구나 떠올릴 수 있는 보상을 떠올렸지. 하나 그런 가치들이야말로 부질없다는 생각이 들더군."

잠시 숨을 고른 대영주.

부상과 의식불명의 여파가 남아 있는 듯하다.

"아, 오해는 마시오. 마법사께서 물욕을 초월했다거나, 뭐 그런 허무맹랑한 소리는 아니니까. 단지 부귀영화를 누리고자 한다면 누릴 수가 있다는 뜻이지."

틀린 말은 아니었다.

이안 역시 비슷한 얘기를 마가렛에게 했었으니까.

마가렛도 그때가 떠올랐는지 크게 움찔한다.

"내가 고심 끝에 내린 결론은……."

대영주가 식탁 위로 무언가를 올리며 말했다. 낡고 평범한 나무 상자였다.

"한 번 열어보시오."

어서 열어보기를 고대하는 대영주의 눈빛.

이안은 내용물의 정체를 알고 있었다.

'모그리안 링.'

저 낡은 목함만 봐도 알 수 있다. 본디 모그리안 링이 담겨 있었던 상자다.

'한 번 빌리길 잘했어.'

모그리안 산의 사태가 모두 정리되었을 때 이안은 약속대로 모그리안 링을 돌려줬다.

아주 큰 도움이 되었다는 얘기와 함께.

'나중에 언급이나 한 번 해보려고 했는데.'

설마 저쪽이 먼저 건네올 줄이야.

만족스러움을 느끼며 목함을 여는 이안. 예상대로 모그리안 링이 담겨 있었다.

"얘기는 들었소. 그 반지에서 마나가 느껴진다 하셨다고."

"평범한 반지는 아니더군요."

"몰랐구먼. 그저 오래된 반지겠거니, 그렇게만 여겼었지."

잠시 말문을 아끼는 대영주.

그가 한참 동안 반지를, 가문의 가보를 바라봤다.

"그 반지가 어떤 힘을 가지고 있소? 아니, 마법사께 도움이 되는 힘이오?"

"솔직히 말씀드리자면, 훔쳐가고 싶을 정도입니다."

"그 정도로? 하면 다행이군."

대영주가 만족한 듯 고개를 끄덕거렸다.

"그 반지, 마법사께 드리겠소."

가문의 가보를 외인에게 주겠다? 이는 결코 흔하지 않은 일이다. 가보란 곧 그 가문의 역사나 다름없으니까.

그럼에도 가문의 사람들은 미동조차 하지 않았다. 이미 사전에 약속이 된 모양이었다.

"일종의 징표라고 생각해 주시오."

"징표라 하시면?"

"지금 이 순간부터 마법사 이안 페이지를, 모그리안 가문의 '영원한 귀빈'으로 모시겠다는 약속의 징표 말이오."

이번에야말로 놀라운 선언이 대영주의 입에서 흘러나왔다.

'영원한 귀빈'이란 단순한 비유가 아니다. 제국의 귀족이라면 반드시 지켜야 할 천년 서약.

"이 징표를 받아주시겠소?"

어느 때보다 진중하게 묻는 대영주.

모두가 이안의 선택을 기다렸다.

"……."

이안은 잠시 생각에 빠졌다. 결코 보은으로만 이루어진 서약은 아닐 터.

모그리안 대영주는 그런 사람이니까. 협곡의 이안에게서

엄청난 가능성을 봤겠지.

단단한 줄 하나 대놓겠다는 생각도 분명 있을 거다.

'내게도 나쁘지는 않다.'

아니, 오히려 좋다. 필요한 날이 반드시 올 테니까. 이윽고 손가락을 길게 펼치는 이안.

서약의 반지, 모그리안 링을 착용하며 대답을 대신했다.

"본 가문은……."

그 모습에 대영주가 '영원한 귀빈의 서약'을 읊조렸다.

"이안 페이지의 방문을 언제나 환영할 것이며, 그가 가문의 도움을 필요로 한다면 언제든지 그 옆에 설 것을 약속하는 바, 이는 양자의 후손에서 후손으로, 또 그 후손에서 후손까지 이어질 것을 에메랄드 강의 가장 북쪽 줄기로서 맹세하노라."

그 서약을 끝으로 이안은 북부의 대가문, 제국의 방패이자 녹빛 강의 가장 북쪽 줄기.

모그리안 가문의 '영원한 귀빈'이 되었다.

전생에는 결코 없었던, 마법사 이안 페이지의 첫 번째 행보였다.

4장
가장 반대편의 연금술사

이안이 모그리안 가문의 '영원한 귀빈'으로 선언된 직후.

대영주는 이안을 위한 영지 내 직속 호위대를 만들었다.

"우리가 호위를 하는 게 맞는 건지 의문이군."

함께 고블린 협곡을 찾았던 선임 기사 '에릭'부터 본인이 창술의 달인이라 믿는 '루카'까지 총합 스무 명의 인원. 그들은 이안의 호위와 각종 잔심부름을 도맡게 되었다.

"그러게 말입니다."

선임 기사 에릭의 말에 병사 루카가 대꾸했다. 두 사람 모두 이안의 얼음 지옥을 봤다.

그런 무시무시한 마법사를 호위하라고?

지나가던 늑대 정령이 비웃지나 않으면 다행이리라.

"어쩌면 저희가 호위를 받는 입장일지도……."

"일리 있네."

둘을 포함한 총 스물의 호위대.

그들은 지금 이안을 따라 영지의 끝자락.

'로이드 마을'을 향하고 있었다. 상인에게 추천받은 연금술사를 만나기 위함이었다.

"마법사님께서는 어떻게 생각하십니까?"

루카가 앞서 걷는 이안에게 물었다.

보통 마법사라면 겁을 먹게 마련이다. 특히나 협곡의 광경을 목격했다면 더더욱, 하나 이 루카라는 병사는 그런 기색이 없었다.

상상 이상으로 붙임성이 좋은 친구다.

'목숨을 걸고 다니는 친군가.'

이안이 지금껏 봐온 바, 확실한 것 같다. 조만간 성질 더러운 귀족이나 마법사한테 꼬투리를 잡히지 않을까 싶다.

"로이드 마을까지는 아직 멀었나요?"

"예? 아, 이제 금방입니다. 좀 멀죠?"

대답 대신 화제를 돌리는 이안.

이안의 의도대로 휩쓸리는 루카였다. 하나 실상은 그렇지가 않았다.

'후우! 살 떨리네. 진짜.'

이안의 말에 속을 쓸어내리는 루카.

사실 그 또한 이안이 두려웠다.

권위는 귀족에 괴물 같은 마법. 그런 존재를 어찌 편하게 여길 수 있을까?

평소부터 친했던 사이도 아닌데.

'참아야 해. 이건 기회야. 단 한 번뿐인 기회.'

그럼에도 이안 옆에 찰싹 붙어 있는 까닭.

간단히 표현하자면 바로 '취재'였다. 일생일대의 꿈을 향한 취재!

'내가 또 언제 마법사랑 말을 섞겠어?'

틈만 나면 동료들에게 떠들고 다녔던 꿈, 은퇴 후 멋들어진 영웅 전기를 집필하겠다는 목표!

모두가 비웃었지만, 루카는 사뭇 진지했다.

'마법사와 창술의 대가는 천년 대작이라고!'

그 원대한 목표의 힘은 컸다. 비번이면 술이나 퍼마시는 인생이었거늘, 이제는 시간이 날 때마다 글공부를 한다.

봉급은 또 어떠한가?

오로지 술값으로만 나갔던 봉급. 이제 종이와 책, 잉크가 되어 돌아온다.

'힘내자! 할 수 있어! 쫄지 말고! 아자!'

작은 기합과 함께 창대를 움켜쥐는 루카.

어느덧 로이드 마을이 가까워졌다.

"이제 저 언덕만 넘으면 보일 겁니다."

선임 기사 에릭의 목소리.

영지에서 뚝 떼다 놓기라도 한 듯 머나먼 마을이다. 전생에서도 듣기만 했지, 와본 바는 없었다.

'연금술사 레디오라.'

로이드 마을에 산다는 수도 출신 연금술사. 상인의 말로는 어떤 약초를 얻고자 이주했다고 한다.

오직 북부의 땅에서만 자란다는 약초.

이안은 그러한 약초를 몇 가지 알고 있었다.

'그중 타지에서 구할 수 없는 약초라면.'

딱 하나 있다.

유통이 힘들 정도로 연약한 성질, 인위적인 재배조차 불가능한 까다로움.

'란데오르의 꽃.'

문제는 희귀하기만 할 뿐, 아직 이렇다 할 효능이 알려지지 않았다.

약초라 부르기도 애매할 정도다.

'평범한 연금술사가 아닐지도.'

그런 약초를 얻고자 북부로 이주를 한다? 아마도 두 가지의 경우일 터.

　쓰임새를 알고 있거나, 혹은 단순한 호기심이거나.

　'만나보면 알겠지.'

　언덕 높이 오르자 비로소 보이는 자그마한 마을.

　저기가 바로 로이드 마을이었다.

　"음?"

　한데 마을의 상태가 조금 이상하다.

　마을 중앙에 몰린 사람들과 그들을 날붙이로 위협하는 괴한들.

　관할 소가문에서 주둔시킨 병사들은 모두 죽어 있었다.

　스릉!

　선임 기사 에릭이 칼을 뽑았다.

　비적 떼였다.

　"대충 애새끼들만 챙겨! 슬슬 합류하자고!"

　"계집들은?"

　"눈깔 달렸으면 상태를 봐라. 팔리겠냐?"

　음흉한 목소리.

　노략질과 인신매매를 일삼는 비적들의 대화였다.

"쩝, 그래도 좀 아쉬운데."

"애새끼들만 후딱 처분하고 콜드우드로 뜨자니깐."

"흐흐! 역시 계집하면 콜드우드지."

로이드 마을의 주둔 병사가 다섯, 싸움에 나설 만한 젊은 이조차 열둘.

반면 비적 떼의 머릿수는 스물하나.

양적으로나 경험으로나 이길 수 없는 싸움이었다. 하다못해 기습을 당하지 않았던가.

"아, 아빠!"

"더글라스!"

아이를 빼앗기지 않고자 안간힘을 쓰는 부모들.

그 부모 중에는 연금술사 '레디오'도 있었다.

아들 '더글라스'를 필사적으로 끌어안는다.

"놔, 이 새끼야!"

하나 아무짝에도 소용없는 발버둥, 허약한 연금술사가 당해낼 근력이 아니었다.

"아, 안 돼! 내 아들은!"

"지랄."

퍼억! 퍼억! 퍼억!

비적이 레디오의 복부를 수차례 걷어찼다.

"크허억!"

얼마나 세게 걷어찼으면 눈이 다 뒤집힐까. 레디오가 숨넘어가는 소리를 토했다.

"다 죽어가는 놈이 염병은."

얻어맞기 전부터 이미 새하얗던 레디오의 혈색. 거기에 빼빼 마른 몸뚱이까지 더해지자 확신이 생겼다.

몹쓸 병에 걸렸을 거라는 확신이.

"아빠!"

어린 아들 더글라스가 발버둥을 쳤다. 어떻게든 비적의 손아귀에서 벗어나고자.

"이거 놔! 이거 놓으라고! 아빠!"

"아주 쌍으로 지랄들을 하네."

한껏 짜증난 어조로 중얼대는 비적, 놈이 허벅지 가죽끈에서 단검을 뽑았다.

"애비가 뒈져 버려야 주둥이를 닥치려나?"

"……!"

그 협박에 더글라스의 입이 꾹 다물어진다.

"또 찍소리만 냈다봐. 엉? 아주 그냥!"

"흐윽……!"

"어엉? 뭔가 들린 것 같은데?"

비적이 누런 이를 드러내며 히죽거렸다.

빼앗는 재물도 좋고, 강제로 취하는 계집도 좋다. 하나 그

중에서 가장 즐거운 건 이거다.

살인. 그리고 살인 직전에 간단한 여흥.

바로 지금처럼.

"맞지? 울었지?"

"아, 아니……!"

"이야, 이젠 말도 하네?"

애들 장난처럼 말꼬리를 잡고 늘어진다.

"쯧, 저 미친놈 저거 또 저러고 있네."

그 모습에 혀를 차는 비적 동료들.

사람이 여럿 모이면 으레 그렇다. 꼭 유별난 놈이 하나씩 끼어 있게 마련이지.

"적당히 하고 애새끼나 데려와!"

"킬킬! 알았다니깐."

놈이 꿈틀대는 레디오 앞에 쭈그리고 앉더니.

"내 특별히 새끼는 좋은 곳에 팔아줄 테니까."

더글라스의 얼굴을 보여주며 속삭였다.

"안 돼…… 더글라스…… 안 돼…….'

혼미한 와중에도 손을 뻗는 레디오.

아들을 잡기 위함이었다.

"잘 가쇼."

비적이 단검을 역수로 쥐었다. 목 뒤에 쑤셔 박을 요량.

놈은 참수를 좋아했다.

"아, 아빠! 아빠!"

아이의 처절한 비명이 메아리치는 그때.

퍼걱!

아주 오묘한 소리였다. 깔끔하게 꿰뚫리는 소리는 아니고 무언가 깨부수는 소리도 아닌.

딱 그 중간의 경계에 걸친 소리. 그러한 소리가 비적의 머리통에서 터졌다.

붉은 피를 사방으로 흩뿌리며.

"뭐, 뭐야? 방금 뭐야?"

크게 동요하기 시작한 비적들.

주변을 살피며 쓰러진 비적에게 다가왔다.

"얼음......?"

양끝이 뾰족하게 좁혀진 기다란 얼음덩이가 죽은 비적의 골통을 꿰뚫었다.

아니, 꿰뚫다 못해 박살이 나버렸다.

"어디, 어디야! 어디서 날아온 거냐고!"

비적들의 고개가 분주하게 움직였다. 이 얼음덩이의 근원지를 찾기 위함이었다.

"저, 저기, 저기에!"

이윽고 무언가를 발견한 비적 하나가 언덕 쪽을 가리키며 말했다.

"여, 영지군?"

맹렬한 기세로 달려오는 기사와 병사들.

비적들의 눈에는 단지 그 사실만 보였다. 그것만으로도 충분히 위협적이었으니까.

"저, 저것들이 왜 여기까지!"

"이런 제기랄! 도망쳐!"

아직 거리가 넉넉하다. 충분히 따돌릴 수 있다.

비적들은 그렇게 판단했다. 철석같이 믿었다.

퍼걱!

그때 비적 하나가 또 쓰러졌다. 이번에도 얼음덩이였다.

퍼걱!

연이어 날아드는 얼음덩이는 단 한 발의 빗나감도 허용치 않았다.

퍼걱!

끝내 비적들은 눈치챌 수 없었다. 얼음덩이가 언덕 꼭대기로부터 날아든다는 사실을.

죽어 나뒹구는 그 순간까지도.

"괜찮네."

언덕 위에 우뚝 선 이안.

그가 모그리안 링을 바라보며 중얼거렸다.

어느덧 마나의 한계가 2클래스를 넘어서 3클래스 수준에 도달했다. 수련도 수련이지만, 전적으로 모그리안 링의 힘이 컸다.

'깔끔하게 얻어서 다행이야.'

모그리안 링은 어떻게든 손에 넣을 생각이었다.

영주에게 말했던 것처럼 훔칠까 고민했을 정도로, 그래도 이왕이면 깔끔한 편이 좋다.

영원한 귀빈임을 알리는 징표.

이보다 더 근사한 모양새도 없으리라.

"마법사님."

여유롭게 도착한 로이드 마을의 입구.

먼저 도착했던 에릭이 이안에게 다가왔다.

"다친 사람은 없죠?"

"덕분에 다칠 거리도 없었습니다."

에릭의 말은 거짓이 아니었다.

언덕 위로부터 날아드는 뾰족한 얼음덩이. 그것들은 전부 비적만을 노렸으니까.

집요할 정도로.

'적이 아니라서 얼마나 다행인지······.'

타국의 마법사들도 이럴까?

새삼 언젠가 다가올 전쟁이 두려워지는 에릭.

질 좋은 투구와 방패는 반드시 챙겨놔야겠다.

"시신부터 수습해야 할 텐데요."

그런 속내를 모르는 이안이 묻자.

"일단 맥파든 가문에 사람을 보내려고 합니다. 주둔 병사들은 모두 그쪽 소속인지라, 그쪽에서 시신을 거두어 갈 겁니다."

맥파든 가문. 그들은 모그리안의 봉신 가문이자 영지 북서쪽을 관할한다. 로이드마을 또한 맥파든 가문의 관할지였다.

"나머지 비적 놈들 시체는 매장하거나 태우고, 죽은 주민들은 마을에 맡기는 편이 좋을 것 같습니다."

즉각적이고 모범적인 대답.

과연 기사답게 빠릿빠릿하다.

"그렇게 하세요."

"예. 그럼."

에릭의 판단을 승인해 준 이안.

이제 사실상 그가 상급 명령자였다. 호위대 모두 이안을 그렇게 여겼다. 여기에 나이는 중요치 않았다.

'죽지는 않았겠지?'

이안이 살아남은 주민을 살폈다.

그저 안도하는 사람들, 가족과 이웃을 잃은 비통함에 잠긴 사람들.

저들 중 분명 연금술사도 섞여 있을 터.

"레디오! 이보시게! 정신을 좀 차려봐!"

"아빠! 아빠!"

그 사이에서 들려오는 다급한 목소리.

레디오. 연금술사의 이름이다. 이안이 그들에게 접근했다.

"음?"

쓰러져 있는 연금술사 레디오.

그의 안색을 살핀 이안이 흠칫 놀랐다.

'설마.'

혈색 하나 없이 창백한 피부, 하얗게 세어버린 머리카락, 도드라지게 돌출된 눈썹 뼈, 푹 꺼진 관자놀이, 삐삐 마른 체형.

'마나 중독?'

흔히 '신의 저주'라고 불리는 질병. 별명 그대로 특이한 체질에게만 찾아오는 병이다.

연금술사의 증상은 마나 중독이 분명했다. 그것도 아주 장기간 앓아온 증상.

'확실해.'

세상에는 네 가지 부류의 체질이 존재한다. 평범한 체질을

빼다면 세 가지로 줄어든다.

'마나 하트와 마나 브레인을 모두 타고난 체질.'

체내의 마나를 축적하고 순환시키는 마나 하트. 그 마나를
체외로 발현시키는 마나 브레인.

극소수의 이들은 마법사가 된다.

'마나 하트만 타고난 체질.'

마나 브레인이 없기에 마법은 쓸 수 없다. 대신 마나를 집
중시켜 육체적 강화가 가능하다.

이들 대부분은 황실의 기사로 키워진다.

'마나 브레인만을 가진 체질.'

마나 브레인의 원천은 마나.

한데 그 마나를 스스로 만들어내지 못한다. 즉 아무짝에도
쓸모가 없다는 얘기다.

'오히려 문제지.'

그들에게 마나는 치명적이다.

어떤 이유로든 적정량 이상의 마나를 주입받을 경우 체내
에 들러붙은 마나 찌꺼기가 마나 브레인을 자극한다.

평생토록, 단 한순간도 빠짐없이.

'말 그대로 중독.'

물론 마나를 주입받는 경우는 흔치않다. 타인의 몸에 마나
를 주입시킬 수 있는 존재.

오직 마법사뿐이니까.

'종종 악취미를 가진 놈들이 있긴 한데.'

이안이 레디오 앞에 몸을 숙였다. 이대로 두면 조만간 죽는다.

고칠 순 없어도, 임시 처방은 가능하다.

"잠시."

레디오의 이마에 손을 얹는 이안.

마나 주입으로 하여금 증상부터 다스렸다.

"허어억……! 허억……! 허억……."

그러자 호흡이 점차 안정되었다. 시체처럼 창백했던 혈색도 조금은 돌아왔다.

눈에 띌 정도로 빠른 호전.

"치료하세요."

"예? 아, 네! 가, 감사합니다!"

레디오의 이웃으로 보이는 남자.

그가 꾸벅 인사하며 레디오를 부축했다.

"우, 우리 아빠…… 이제 괜찮은 건가요?"

이안의 겉모습과 비슷한 또래로 보이는 꼬마였다. 아니, 조금 더 어린가?

"당분간은."

마나 중독을 완치하는 방법? 이안이 알기로는 존재하지

않는다. 지금처럼 일시적인 완화가 전부일 터.

"그, 그럼 나중에 또 저렇게……."

"아마 그럴 거야."

"……."

울상이 되는 꼬마의 얼굴.

어쩔 도리가 없다. 평생 마법사에게 마나를 주입받으며 살거나. 혹은 죽거나. 둘 중 하나를 선택할 수밖에.

"빨리, 빨리 아빠가 말한 꽃을 찾아야……."

두 주먹을 꽉 쥔 녀석의 중얼거림.

이안에게도 어렴풋이 들려왔다.

'꽃?'

꽃이라는 말이 유난히도 거슬렸다.

짐작대로 란데오르의 꽃을 뜻하는 걸까.

'무슨 치료제라도 되는 것처럼…….'

딱 거기까지 생각했던 이안은 순간 번뜩이는 무언가를 느꼈다.

'마나에 중독된 연금술사가 찾는 약초.'

그 아들까지도 치료제처럼 표현하는 약초. 마나 중독의 치료제라면, 어떤 효능을 발휘하겠는가?

'체내에 남은 마나 찌꺼기를…….'

중화.

이안은 심장이 쿵하고 내려앉음을 느꼈다. 마나를 '중화'시킬 수 있는 약초의 효능.

그게 정말 사실이라면.

"혈관 속 마나를 중화시켜 주는 독일세."

이안의 머릿속을 휘젓는 목소리.

시간을 거슬러 올라오기 직전. 라그나르에게 독살을 당했던 순간, 놈의 그 첫마디가 불현듯 떠올랐다.

'내가 마셨던 독.'

라그나르가 이안을 제거하기 위하여, 나아가 모든 마법사를 멸하고자 은밀하게 준비했을 극독.

'확인을 해봐야⋯⋯.'

이안의 두 눈이 빠르게 레디오를 쫓았다.

꼬마보단 장본인한테 물어보는 쪽이 빠를 터.

그때였다.

"더글라스! 갑자기 어딜 가는 게냐! 더글라스!"

레디오를 부축한 이웃 남자가 소리쳤다.

마을을 뛰쳐나가기 시작한 꼬마를 향해서. 평소 아비가 말한 꽃을 찾으러 가는 거겠지.

'더글⋯⋯ 라스?'

한데 저 꼬마의 이름이 익숙했다. 그린리버에서는 흔한 이름 중 하나.

다만 작금의 상황.

'연금술'과 '안티 매직'의 약초, 이 두 가지가 섞인다면 얘기는 달라진다.

'황실 연금술사, 더글라스 하몬.'

제국 역사상 가장 뛰어난 연금술사의 이름이 떠올랐다. 누구든 이안의 입장이었다면 그 이름을 떠올렸으리라.

'그래. 이제야 생각이 나.'

더글라스라는 이름을 천천히 상기했다.

그러자 수많은 단편적 기억이 하나둘씩 떠올랐다.

'노예 출신이었지.'

아마 비적 떼의 손에 끌려가 노예로 팔렸을 터, 이안이 로이드 마을을 찾아오지 않았다면.

즉, 전생이었다면 말이다.

'유독 마법사를 싫어했고.'

마나 주입이 가능한 것은 오직 마법사뿐, 아비를 중독에 빠뜨린 것도 마법사였겠지.

'정말 저 아이가?'

이안이 달려가는 더글라스를 바라봤다. 하물며 연령대까지 비슷하다.

라그나르, 이안, 더글라스.

모두 한두 살 내외의 연배였으니까.

"……하하."

실소에 가까운 웃음이 입술을 비집고 나왔다. 단지 엘릭서 몇 병 만들고자 찾아온 마을에서 생각지도 못한 인물을 만났다.

'라그나르, 이번에는……'

장차 제국 최고의 연금술사로 거듭날 재능.

더불어 황제 라그나르의 심복이 될 연금술사. 그런 더글라스의 뒤를 이안이 바짝 따랐다.

'네가 갖진 못할 거다.'

마을과 가장 가까운 숲을 향해 뛰어가는 더글라스.

아이치고는 상당히 날렵한 뜀박질이다.

순수 주력만으로 따라잡기가 힘들 지경. 대신 이안에게는 약간의 편법이 있다.

"헤이스트."

명색이 마법사 아니겠는가. 커다란 보폭으로 단숨에 따라잡는다.

"……?"

그 인기척을 느낀 더글라스가 돌아보는 순간.

"슬립."

술래잡기는 여기까지.

낮은 단계의 수면 마법이었다. 어린아이는 이 정도가 적당하다.

"꽃…… 찾아야……."

흐릿해지는 의식 속에도 녀석은 꽃을 찾았다.

아비의 병을 고칠 수 있는 신비의 약초.

란데오르의 꽃을.

'아차.'

쓰러지는 더글라스를 한 팔로 잡으려던 이안. 이내 힘이 모자란 듯 두 팔을 모두 사용한다.

'자꾸 이러네.'

작아진 몸뚱이를 간혹 망각해 버린다. 슬슬 적응할 때도 되었거늘.

"휴우……."

더글라스를 눕힌 이안이 그 옆에 앉았다. 그리고 차분하게 상황을 정리했다.

먼저 란데오르의 꽃.

'란데오르의 꽃이 마나를 중화시킨다.'

마법사로서 가장 치명적인 약초의 등장이다. 전생에는 알지 못했던 효능이다.

'마법사에게는 약초가 아닌 독초.'

그나마 다행이라면 희귀한 독초라는 점. 또한 유통과 재배가 거의 불가능하다는 점.

'아는 사람이 별로 없다는 점도 있지.'

이안조차 몰랐을 정도로 불투명했던 효과다. 이 효과를 아는 자가 얼마나 더 존재할까?

'알아내야 한다.'

레디오에게 꽃의 효능을 알려준 자들. 혹은 책, 기록, 소문, 그 무엇이든 반드시 알아내야 한다.

"아빠…… 꽃…… 으음……."

더글라스가 잠꼬대를 웅얼거린다.

여전히 란데오르의 꽃을, 아비를 찾았다.

'이 녀석도 문제군.'

이안이 녀석의 얼굴을 찬찬히 살폈다. 자세히 들여다보니 더더욱 확신이 든다.

'전생의 얼굴에서 악다구니만 빠진다면.'

그대로 자랐다고 표현할 수 있으리라. 다시 한번 말하지만, 악다구니를 뺀다면 그렇다. 전생에서 봤던 더글라스는 증오로 가득했다.

물론 스스로는 감췄다고 생각했겠지.

'어떻게 할까.'

이안이 전생에 마셨던 극독은 더글라스가 만들었을 가능성이 크다. 아니, 확실하다.

'내게 먹인다는 사실도 알고 있었겠지.'

녀석은 마법사를 증오했다.

황제의 계획을 알고도 명령에 따라 극독을 제조했을 터.

'미리 제거할까?'

이안의 목숨을 가장 확실하게 노릴 수 있는 존재. 어쩌면 눈앞에 이 꼬마가 유일할지도 모른다.

그 후환을 미리 제거하는 것도 방법 중 하나.

'내 사람으로 만드는 방법도 있다.'

녀석의 재능을 라그나르가 아닌, 오직 이안을 위해 쓴다면? 마법사를 멸하는 극독이 아닌, 이안의 마법적 역량을 한층 더 끌어올릴 수 있는 아티팩트급 엘릭서를 제조해 낸다면?

'9클래스도 꿈은 아니야.'

진정한 드래곤의 경지.

그 미지의 영역에 손이 닿을지도 모른다.

'하지만⋯⋯.'

사람이란 완벽하게 통제할 수 없는 동물.

아무리 아비가 살아남았다고 해도, 아무리 노예로 전락하지 않았다고 해도, 아무리 전생과 다른 길을 걷게 된다 해도.

'변하는 건 한순간이지.'

사람은 결코 믿을 만한 존재가 아니다. 이미 한번 믿었고, 그래서 죽었다. 이번 생에 이안이 진심으로 믿을 수 있는 존재.

'오직 어머니뿐.'

이제 그녀 말고는 아무도 믿지 않는다. 전생의 값진 경험이 이안에게 준 선물. 아니, 저주일지도 모르겠다.

"아, 아빠…… 죽지 마…… 아빠……."

또다시 시작된 더글라스의 웅얼거림. 지독한 악몽이라도 꾸는 모양이다. 아비를 잃는, 전생에서는 현실이었을 악몽.

"마법사님!"

그때 멀찍이 들려오는 목소리.

헐레벌떡 달려오는 병사 루카였다. 저놈에 붉은 깃이 달린 창은 꼭 들고 다닌다.

"무슨 일입니까?"

"가, 갑자기 뛰어나가시기에……."

루카가 더글라스를 힐끔 바라보며 말했다.

이안보다 먼저 마을을 뛰쳐나갔던 아이.

"그 아이는……."

"무모한 짓을 할 것 같아서요."

"한데 왜…… 지금 잠든 거 맞지요?"

"제가 재웠습니다."

"아하! 그렇군요. 잠이 드는 마법이라! 호오."

루카의 고개가 연신 끄덕여진다. 좋은 취재거리라도 잡았나 보다.

"오신 김에 이 녀석 좀 마을로 데려가세요."

"마법사님께서는?"

"전 잠시 다녀올……."

순간 이안의 눈매가 날카롭게 좁혀졌다.

"어, 어찌 그러시는지……?"

그 눈빛에 잔뜩 얼어붙은 루카.

참았던 두려움이 식은땀으로 배출된다.

"……아닙니다. 먼저 가시죠."

"아, 예, 예! 그, 그럼!"

루카가 황급히 더글라스를 등에 업었다.

아니라고 해도 무섭다. 진짜로. 일단 몸부터 멀어지고 보자.

'그래도 하나 얻었어! 수면 마법이라니!'

뿌듯함과 두려움이 뒤엉킨 루카의 머릿속이다.

루카가 일대를 벗어나 마을에 도착할 때쯤.

"웃샤!"

그답지 않은 기합과 함께 몸을 일으키는 이안, 이미 반쯤 들어온 숲속 깊숙한 곳으로 들어갔다.

"꼬맹아?"

걸걸한 남자의 목소리였다.

"혼자 어딜 그렇게 가? 위험하게시리."

한두 놈이 아니었다.

족히 열은 넘어 보이는 머릿수. 이안의 사방을 좁혀온다.

"보아하니 로이드 마을에서 나온 것 같은데, 우리가 얘기를 좀 들어야겠어. 대체 저기서 무슨 일이 있었는지."

로이드 마을을 급습했던 비적들.

그놈들과 한패인 듯 보인다.

"우리가 그래도 나름 신사거든? 말만 잘 들으면 살려줄지도 모르니까. 엉? 그 뭐냐, 자비! 자비를 베풀어서 말이야."

뿐만 아니라 몇몇 꼬마들이 붙잡혀 있었다.

로이드 마을의 아이들은 아니다.

'다른 마을을 습격한 놈들인가.'

동시다발적으로 여러 마을을 친다? 비적치고는 너무 과감한 행동.

이번을 끝으로 활동 영역을 옮기려는 모양새다. 떠나기 전에 한몫 챙기겠다는 심보이리라.

"죽였어."

이안의 간결한 대답.

"뭐?"

"비적 놈들 시체는 태우거나, 매장한다고 했지."

에릭이 했던 말을 그대로 읊조린다.

"이놈이 지금 뭐라고……."

"여기서 태우면 불이 번질 테니까."

아래서 위를 향하는 이안의 작은 손짓.

"인탱글."

그러자 곧 놀라운 일이 벌어졌다.

쿠구구구…….

발밑으로 전해지는 약간의 진동. 그로부터 몇 초나 지났을까.

파악! 파악! 파악! 파악!

흉측한 덩굴이 흙바닥을 찢고 튀어나왔다.

"뭐, 뭣……!"

사방으로부터 튀어나온 덩굴의 줄기가 비적 떼를 노렸다. 놈들의 몸뚱이를 칭칭 휘감는다. 뿐이랴? 입과 코를 틀어막아 질식까지 유도한다.

커다란 뱀의 무리가 먹잇감을 사냥하듯.

치밀하고 재빠르게.

"읍…… 읍!"

비적들이 괴로움에 몸서리치든 말든.

이안은 잡혀온 아이들의 포박과 재갈을 풀어줬다.

"어느 마을에서 왔니?"

"소, 소일 마을에서……."

"소일이라."

처음 듣는 마을.

조그마한 마을이 어디 한두 곳이랴.

"저쪽으로 쭉 나가면 마을이 보일 거야."

이안이 로이드 마을 쪽을 가리키며 말했다.

"가서 얘기해. 소일 마을에서 왔고, 마을에 어떤 일이 있었는지, 비적들은 마법사님이 처리해 줬다고. 알았지?"

끄덕거리는 아이들. 이안과 비슷한 또래, 혹은 한두 살 많은 녀석도 있었지만, 누구도 이안의 말에 토를 달지 못했다.

방금 본 게 있으니까.

"어서 가."

아이들을 보낸 이안.

다시금 비적들 쪽으로 시선을 가져갔다. 놈들은 여전히 발버둥치고 있었다.

"가늠해 보기로 했어. 누군가를 해치기 전에."

점점 더 강하게 조여지는 덩굴들.

이안의 의지가 아니다. 낌새를 눈치챈 덩굴 스스로의 판단
이었다.

"죽이는 쪽이 손해일까, 살리는 쪽이 손해일까."

이안의 왼쪽 다리에 마나가 모여든다.

새로운 마법을 시전하기 위함이다.

"너희들은."

쿵!

흙바닥을 힘껏 내려치는 이안의 왼쪽 발. 그러자 앞쪽 바
닥이 훅하고 내려앉았다.

아주 큼직한 흙구덩이 하나가 생겨난 거다.

"살리는 쪽이 손해겠지?"

이안의 손짓 한 번에 덩굴들이 움직인다. 저마다 뿌리를
쭉 뻗어 구덩이 속으로 들어간다. 물론, 덩굴에 휘감긴 비적
떼도 함께였다.

다사다난했던 로이드 마을에도 어둠이 찾아왔다. 일전의
소란조차 잠이 든 뒤였다.

"더글라스, 자느냐?"

연금술사 레디오의 허름한 오두막집.

딱딱한 나무 침대에 레디오가 있었다. 누워 있기만 할 뿐,
잠들지는 않았다.

"……아직요."

반대편 작은 침대에 누워 있는 더글라스도 좀처럼 잠을 청하기가 힘들었다.

"바튼에게 들었다. 마을에 마법사가 왔다고."

"저랑 몇 살 차이도 안 나던데요."

"또 무모한 짓을 하려고 했다면서."

"……그냥 꽃을 찾으려고 했을 뿐이에요."

"그게 무모한 짓이지. 마을 밖이 얼마나 위험한데."

아비의 질책에 더글라스가 벌떡 일어났다.

몹시 화가 난 얼굴이다.

"그럼 어떻게 해요! 그 마법사가 그랬다고요. 당분간만 괜찮을 거라고. 나중에 또 그렇게 될 거라고. 아빠가!"

수면 마법에서 깨어난 뒤부터 줄곧 그 생각뿐이었다. 아비를 향한 걱정, 혼자 남게 될지도 모르는 두려움.

"아빠는 괜찮아. 이제 란데오르의 꽃만 찾으면……."

"아직도 못 찾았잖아요. 벌써 일 년이 넘었는데!"

사실이었다.

마나 중독을 치료하기 위해서 란데오르의 꽃을 찾고자 북부로 이주한 지 1년째.

"그 꽃으로 나을 수 있는 건 맞아요?"

"더글라스……."

"아니, 정말 존재하긴 하는 거예요?"

레디오는 아무 말도 하지 못했다. 아들의 심정을 모를 리가 있겠는가. 좀처럼 입이 떨어지지 않았다.

"존재해."

그때 어디선가 들려오는 대답.

레디오의 목소리는 아니었다.

"……!"

두 부자의 눈이 사방을 훑었다. 목소리는 내부가 아닌, 문 밖에서 들려왔다.

"누, 누구시오?"

레디오가 조심스레 물었다. 불편한 몸을 이끌고 문 앞으로 다가간다. 장작용 도끼까지 손에 쥐고서.

"란데오르의 꽃."

"……?"

"찾고 있다고 들었는데."

더 이상 되묻지 않는 레디오.

천천히 문을 열었다.

끼이이이…….

낡아빠진 이음쇠가 불쾌한 소리를 토한다. 목소리의 주인은 오두막 벽에 기대어 있었다.

아무리 봐도 어린아이다.

"대체 무슨 소리를……."

"잠시 실례하죠."

자연스레 집 안으로 들어오는 아이.

"넌……?"

그리고 그 아이를 알아보는 더글라스.

"흡!"

이내 말실수라도 저지른 듯 제 입을 틀어막는다.

"더글라스? 아는 아이니?"

"아, 아까 그 마, 마법사님……."

"……뭐?"

그래서였다. 더글라스가 제 입을 틀어막은 이유.

무의식적으로 반말이 튀어나온 거다.

비슷한 또래였으니까.

"죄, 죄, 죄송합니다! 제가 시, 실수를……!"

"괜찮아. 그보다."

더글라스를 진정시킨 이안이 레디오에게 말했다.

"이안 페이지입니다."

동시에 가까운 탁자 위로 무언가를 내려놓는 이안. 주먹만
한 크기의 얼음덩이였다.

"그, 그게 무엇입니까?"

"아마 필요하실 겁니다."

그 말에 본능적으로 다가가는 레디오는 얼음덩이를 조금

더 가까이서 관찰했다.

"이건……?"

레디오의 두 눈이 휘둥그레졌다.

떨리는 손으로 얼음덩이를 집어 든다.

그리고 그 안에 담긴 무언가를 바라본다. 어떤 자줏빛의 야생화가 뿌리째 얼어붙어 있었다.

"란데오르의…… 꽃?"

레디오의 중얼거림에 덩달아 더글라스도 놀랐다.

벌써 1년째 찾기는커녕 구경조차 못해본 꽃. 그 실존 여부조차 의심스러운 꽃을 찾아왔다고?

저 마법사가?

"그 꽃, 드리겠습니다."

크게 요동치기 시작한 레디오의 눈동자.

"대신 질문 하나만."

어떠한 질문이든 대답해 줄 기세였다. 오랜 세월 마나 중독으로 고통받았다.

이대로는 얼마 버티지 못할 것 같다. 더글라스를 두고 죽을 수는 없다.

"어떻게 알았습니까?"

"……예?"

"효능이 알려지지 않았을 텐데."

이안의 질문에 가까스로 이성을 찾은 레디오. 쉽게 대답할 수 있는 문제가 아니었다.

"그건……."

마법사에게는 더없이 치명적인 약초. 그런 약초에 관한 정보를 마법사가 묻고 있다.

어쩌면 목숨이 위태로울지도 모르는 상황.

"의미 없는 걱정입니다."

레디오의 심중을 꿰뚫어본 이안. 그가 작은 목소리로 읊조렸다.

"언제든 가능하니까요."

어린 더글라스를 배려한 간접적인 표현, 레디오는 이안의 말을 정확히 이해했다.

마법사가 자신들을 해치고자 한다?

그것으로 끝이다. 막을 방법도, 피할 곳도 없다.

대답의 유무는 중요치 않다.

"물론 그럴 생각도 없습니다."

하나 저 마법사는 자신을 두 번이나 살렸다. 비적의 칼에 죽임을 당하기 직전.

마나 중독으로 죽어나가기 직전.

"……도감."

이내 결심이 선 듯 말문을 여는 레디오였다.

"도감에서 봤습니다."

레디오가 구석진 책장으로 걸어갔다.

하나같이 연금술과 관련된 서적사이에 꼬마를 위한 이야기책도 몇 권 보인다.

달칵!

레디오는 책장에서 책을 꺼내지 않았다. 대신 책장 아래 바닥을 한 조각 뜯는다. 그러자 조그마한 공간이 모습을 드러냈다.

"이 책……."

그곳으로부터 책 한 권을 끄집어 올린 레디오.

아주 두껍고 오래된 서책이다. 걸레짝처럼 너덜너덜해진 겉표지와 세월을 대변하듯 누렇게 뜬 속지.

"아버지께서 물려주신 약초 도감입니다."

이안이 건네받은 책을 펼쳤다. 깨알 같은 크기로 빼곡하게 채워진 글자는 하나같이 약초의 이름과 정보였다.

고유의 효능부터 자라는 지역.

생김새에 관한 묘사, 채집 방법까지.

'어마어마하군.'

몇 장 넘겨본 이안의 감상이었다. 약초의 정수가 담겨 있다 해도 과언이 아니리라.

"여기, 이쪽 페이지를 보시면……."

그곳에 란데오르의 꽃을 다룬 기록이 보였다. 희귀한 약초답게 정보가 많지는 않았다.

　-마나를 중화시키는 효과.

　-대륙의 북부에서만 발견됨.

　-열두 갈레의 탁한 자줏빛을 띤 꽃잎.

　-파란 잎사귀와 줄기에는 독이 묻어남.

　-뿌리내린 곳을 벗어나는 즉시 시들어 버림.

　-현재로서는 채집 및 재배 불가능.

그럼에도 기록된 정보만큼은 정확했다.

도대체 누가, 어떻게 이런 책을 엮어냈을까?

"부친께서도 연금술을 연구하셨습니까?"

"가업이었죠."

"그럼 이 도감은 가보겠군요."

"비슷합니다."

연금술을 가업으로 삼는 집안이라. 단언컨대 흔치 않은 경우다.

하물며 이 정도 수준의 도감까지 엮어낼 정도라니.

바로 그러한 핏줄을 이어받은 더글라스. 녀석의 재능이 더욱더 탐이 났다.

"듣고 싶었던 대답입니다."

란데오르의 꽃이 담긴 얼음.

이안이 그 얼음덩이를 집어 들며 말했다.

"그리고."

순식간에 녹아내리기 시작한 얼음덩이, 곧 축축하게 젖은 흙과 꽃만이 외부에 노출되었다.

"미안합니다."

파스스스……

외부와 접촉된 란데오르의 꽃이 순식간에 시들었다. 아니, 시들음을 넘어서 아예 말라비틀어져 버렸다.

미세한 움직임에도 바스러져 흩날릴 정도로.

"저로서도 방법이 없더군요. 냉동시켜 형태나마 유지하는 쪽이 전부였습니다."

거짓말이 아니었다. 도감의 내용과 그대로 일치했다.

뿌리내린 곳을 벗어나는 즉시 이 지경이다.

"저를 속이신 겁니까?"

"증명부터 한 겁니다."

"증명이라니……"

"언제든 란데오르의 꽃을 찾을 수 있다는 증명."

누구는 1년이 넘도록 구경도 못한 란데오르의 꽃.

그 꽃을 이안은 고작 반나절 만에 찾았다. 정점의 응용력을 지닌 마법과 소환술의 결과였다.

"거래를 하죠."

"거래……?"

곧장 본론으로 들어가는 이안.

"저와 함께 갑시다."

"갑자기 그게 무슨……."

"지속적으로 마나를 주입시켜 드리겠습니다."

마나 중독으로 얼마 버티지 못할 목숨.

당분간 연명시켜 주겠다는 얘기였다.

"란데오르의 꽃을 약재로 쓸 수 있는 방법. 그 또한 반드시 찾아드리죠. 황실과 상아탑의 기록을 샅샅이 뒤져서라도."

분명 관련된 기록을 찾아낼 수 있으리라.

전생의 라그나르와 더글라스도 찾지 않았겠는가?

"……."

레디오에게는 더할 나위 없이 좋은 제안. 하나 분명 거래라고 표현했다. 그 대가로 바라는 것이 있을 테지.

"바라는 게 뭡니까?"

레디오가 물었다.

"연구하고, 만드세요."

"무엇을 말입니까?"

"엘릭서."

"엘릭서?"

"제가 가진 체질, 마나의 성질, 그밖에 세세한 것 하나까지 초점을 맞춘 엘릭서. 오직 저만을 위한 엘릭서를 원합니다."

단 한 사람만을 위한 맞춤형 엘릭서.

그 대답에 레디오가 의심스럽다는 듯 되물었다.

"마법사께서 원하신다면 더 이름난 연금술사에게 의뢰할 수도 있을 텐데요? 전 그렇게 대단한 연금술사가 아닙니다만."

"잘 압니다."

자칫 자존심을 건들 수도 있는 대답. 그럼에도 이안은 거침이 없었다.

"때로는 능력보다 절박함이 통할 때가 있죠."

"제가 그 정도로 절박해 보이십니까?"

"어린 피붙이만 두고 떠나기는 싫을 테니까."

순간 말문이 턱하고 막히는 레디오였다. 물론 이안의 말에 정곡을 찔렸다. 하나 그보다 더 놀라운 것은.

'어린아이가 아니다.'

결코 아이가 구사할 수 있는 언변이 아니었다.

제아무리 마법사라해도 마찬가지다.

지금껏 레디오가 겪었던 마법사들. 마나 하트가 없는 자신을 장난감 취급했던 그들.

'하나같이 오만했지.'

물론 현명함과도 거리가 멀었다.

어린 나이에 틀어쥔 권력과 힘. 그것은 장전된 석궁과도 같았으니까.

어린아이의 손에 쥐어진 석궁 말이다.

'도대체 정체가 뭐야?'

선뜻 손을 잡기 망설여지는 이질감. 잠시 생각에 잠겼던 레디오가 입을 열었다.

"생각할 시간을…… 주시겠습니까?"

"얼마든지요."

이안은 레디오의 뜻을 존중했다.

어린아이의 탈을 벗어던졌다. 정체 모를 이질감을 느꼈을 터.

어느 정도 시간이 필요하리라.

'이번 생은 다를 거다.'

이안이 더글라스를 바라보며 생각했다.

'아비를 잃지도, 노예가 되지도 않겠지.'

갑작스런 상황에 얼어붙어 버린 녀석. 전생의 악이라고는 한 점도 보이지 않는 얼굴.

　'특히 아비는 어떻게든 살려주마.'

　레디오의 목숨은 단지 수단일 뿐이다. 이안이 정말 바라는
것은 더글라스의 재능.

　'네 재능을 갖기 위해서라도.'

5장
황태자가 오다

이안과 그 호위대는 로이드 마을에 며칠 주둔했다. 비적 떼의 여파가 아직 가시지 않은 마을 사람들.

그들에게 안정감을 주기 위함이었다.

–창술의 대가 '루키'는 용감했다. 수천의 적을 목전에 두고도 눈 하나 깜빡이지 않았다. 저 멀리서 상황을 가늠하고 있을 6클래스의 대마법사, 바로 그의 완벽한 엄호를 믿었으니까. 이윽고 '용의 창 루가니스'가 사방을 크게 베었다. 특유의 붉은 깃을 휘날리며…….

마을 한구석 느티나무 아래.

붉은 깃의 창을 허벅지에 올린 병사 루카. 그가 직접 만든 수첩에 소설을 적고 있었다.

"가만, 마법사가 뭘 쓰게 만들지? 엄호가 목적이니까. 음, 역시 이안 님이 보여줬던 그 얼음창? 그걸 막 대량으로 파바박……!"

"가능합니다. 보여드릴까요?"

"으아악!"

불쑥 들려오는 목소리에 루카가 비명을 지른다. 그 바로 옆에 이안이 서 있었다. 도대체 언제부터 거기 있었던 걸까.

"……마법사님?"

"놀라게 해드리려고 그런 건 아닌데, 미안합니다."

"아, 아닙니다. 전 괜찮습니다. 하, 하하."

웃는 게 웃는 것이 아니었다. 그래도 요 며칠 가까워져서 망정이지. 예전 같았다면 오줌을 지렸을지도 모르겠다.

"용의 창 루가니스."

"……예, 예?"

"빨간 깃이 달렸던데, 혹시?"

이안이 루카의 붉은 깃 창을 바라보며 말한다.

어린아이처럼 장난스러운 눈짓과 어투.

'읽으셨구나…….'

아직 남들한테 글을 보여준 바가 없었다.

그 첫 번째 대상이 설마 마법사님일 줄이야. 부끄러움에 쥐구멍이라도 숨고 싶은 루카였다.

'근데 글을 아시네?'

이안이 글을 읽는 것은 다소 놀라웠다. 마법사라곤 하나, 고작 한 달이 지났다.

그 전까지는 부엌데기의 아들이 아니었던가. 생계를 챙기기에도 부족했을 터.

'마법사가 되면 글도 알게 되나?'

당장 루카 자신도 쓰고 읽는 데 수년이 걸렸다.

물론 지금도 완벽하게 알지는 못한다. 모르는 단어와 어법이 한두 개가 아니니까.

"그, 글을 아시네요?"

루카가 용기를 냈다.

정말 마법으로 글까지 읽을 수 있다면? 그야말로 엄청난 자료다.

"그럼요. 마법산데."

"마, 마법사가 되면 글도 읽을 수 있는 겁니까?"

"물론이죠. 마법사가 최곱니다."

"그런……!"

이안의 농담을 곧이곧대로 받아들이는 루카. 그런 그의 모습에 이안이 피식 웃었다.

'긴가민가했는데, 맞는 것 같군.'

이안은 루카를 알고 있었다.

정확히 말하자면 그가 쓴 책을 알았다. 읽어본 적은 없으나, 들어는 봤다.

'막 낙향했을 때 그런 얘기를 들었지.'

모그리안 영지에서 가장 출세한 자는 이안.

하나 돈 많고 유명하기로는 비슷한 자가 있다.

'루카 루카.'

가히 돈방석에 앉았다고 알려진 소설가.

필명이 분명 '루카 루카'였다. 아무래도 이 병사 양반이 맞는 것 같다.

비록 지금의 작품으로는 이름을 날리지 못하지만.

"마법사님. 여기 계셨군요."

그때 이안을 부르는 목소리.

선임 기사 에릭이었다.

"영주성으로 돌아갈 채비가 끝났습니다."

이안이 레디오의 집을 바라봤다.

좁은 마을인지라 한눈에 들어온다.

'아직인가.'

레디오는 시간을 달라고 했다. 이제 답을 줄 때도 된 것 같은데.

"슬슬 돌아가도록 하죠."

"그럼 한 시간 후에 출발하도록 하겠습니다."

로이드 마을은 어느 정도 안정이 되었다. 함께 공격당한 소일 마을도 마찬가지.

맥파든 가문에서 보낸 주둔 병사도 두 배씩 늘었다.

"그런데 루카, 자네는 여기서 뭘 하고 있나?"

용건을 끝낸 에릭이 루카에게 말했다.

"자, 잠시 휴식을……."

"동료들이 돌아갈 준비를 하는 동안?"

"딱히 할 일이 없는 듯하여……."

"군기가 개판이군."

"시, 시정하겠습니다!"

에릭은 흔치 않은 평민 출신의 기사였다. 덕분에 병사들과도 허물없이 지냈다.

물론 지킬 선은 확실하게 지키는 사람.

'고생 좀 하겠네.'

루카의 고생길을 애도하며 등을 돌린 이안. 그 발걸음이 레디오의 집 근처에 머물렀다.

아직도 결정을 내리지 못한 걸까?

끼이이이…….

바로 그 순간 오두막집의 문이 열렸다.

"어라? 마법사님?"

눈이 마주친 더글라스와 이안. 그 뒤로 레디오가 나왔다.

커다란 짐 가방을 짊어진 채로.

등뿐만 아니라 손에도 들려 있다.

"결정을 내리신 겁니까?"

이안의 물음에 레디오가 고개를 끄덕였다.

"별수 있겠습니까? 살고 봐야지."

더글라스의 머리를 거칠게 쓰다듬는 레디오. 아들을 위해서라도 바득바득 살아남을 요량이었다.

"판단 잘하셨습니다."

"약속은 꼭 지켜주시길."

"물론이죠."

우연찮게 만난 전생의 악연이 이제는 기연으로 돌아왔다.

제법 괜찮은 시작이리라.

"마을 사람들과 인사는 나누셨습니까?"

"간밤에 몇몇 양반들이랑 한잔했지요. 뭐 그래봐야 얼마 되지도 않습니다. 이상한 약이나 만드는 이방인 아니겠습니까."

쓸쓸한 레디오의 목소리.

물론 마을 사람들이 잘못된 건 아니다.

레디오도 그들을 탓하지는 않았다.

"저, 저기……."

그런 아비의 심정을 아는지 모르는지.

더글라스가 이안에게 다가와 말을 걸었다.

마법사란 무서운 존재. 여전히 조심스러웠다.

"진짜로 우리 아빠…… 고쳐주실 수 있어요?"

"약속하마."

"정말로요?"

"정말로."

"그럼…… 앞으로 대장님으로 모실게요!"

"응?"

대장님이라.

참으로 아이다운 단어 선택이다.

이런 아이가 전생에는 그리 변하다니.

"그래. 그렇게 불러."

"알겠습니다! 대장님!"

어린 아들과 전혀 아들또래 같지 않은 이안의 대화.

그 복잡 미묘한 광경을 지켜보던 레디오가 가방으로부터 무언가를 꺼냈다. 입이 빼죽하게 빠진 유리병이었다.

"그리고 이건, 계약 선물입니다."

그 병을 이안에게 건네는 레디오.

건네받은 이안이 병을 한 번 흔들어봤다.

"뭔가 들어 있군요."

정체불명의 액체로 가득한 유리병이었다.

혹시 며칠간 만든 엘릭서일까? 보통 엘릭서를 이런 병에 담지는 않을 텐데.

"술입니다."

"술이요?"

"간밤에 다 마시고 한 병 남긴 건데……."

제아무리 이질감을 느꼈어도 그렇지. 아들과 비슷한 또래의 아이에게 술을?

"그게 진짜 술이란 소리는 아닙니다. 물론 술이기도 한데, 그…… 뭐라고 표현을 해야 좋을까."

"몸에 좋은 술?"

더글라스가 아비의 말에 첨언을 하고 나섰다. 하나 그것도 레디오의 이상적인 표현은 아니었다.

"일종의…… 하프 엘릭서라고 해두겠습니다."

"하프 엘릭서라."

반절만 엘릭서라는 뜻일까?

"몸에는 좋지만 술맛이 나죠."

"취하지는 않습니까?"

"취하기도 합니다."

그럼 술이잖아?

"그래도 효력은 괜찮을 겁니다. 두고두고 원기를 북돋아 주는 정통 엘릭서랑은 다르게 말이죠. 이쪽은 좀 더 즉각적으로 효과를 볼 수 있는 그런······."

말이 길어지는 레디오였다.

지금까지 봤던 것과는 사뭇 다른 성격. 아니, 아마 이쪽이 레디오의 진짜 성격이리라.

그만큼 마음을 확실하게 굳혔다는 증거일 터.

"마법사님!"

그때였다.

병사 하나가 이안에게 다가왔다.

"영주성에서 사람이 오는 것 같습니다."

병사가 마을 바깥쪽 언덕배기를 가리키며 말했다. 과연, 말을 탄 누군가가 달려오고 있었다. 등에 모그리안 가문의 깃발을 단 채로.

다그닥! 다그닥! 다그닥!

점점 가까워지는 말발굽 소리. 이안이 마을의 입구 쪽으로 걸어갔다. 다른 이들도 이안의 뒤를 따랐다.

"워! 워!"

이안을 발견한 기수가 말을 진정시켰다.

차림새를 보아하니 영주성의 병사였다.

"마법사님."

"말씀하세요."

"급히 영주성으로 가보셔야 할 것 같습니다."

말에서 내린 기수의 다급한 목소리.

"문제라도 생긴 겁니까?"

"황태자께서 가마스 강을 건너셨다고 합니다."

"가마스 강? 벌써 말입니까?"

"오늘 아침에 온 연락입니다."

이안은 물론 에릭과 병사들까지 술렁였다.

가마스 강이라면 북부의 초입에 위치한 강물. 영주성까지 빠르면 이틀 내로 도착할 거리다.

'연락을 왜 이제야⋯⋯.'

보통 열흘 전에는 통신 역참에 들려 연락을 취하는 것이 상식이다. 그래야 영지에서도 황태자의 방문을 준비할 테 니까.

'일단 가보자.'

모두가 함께 가기에는 시간이 촉박하다. 호위대 전원과 레 디오 부자까지 말을 탄다면 모를까.

"말을 좀 빌리겠습니다."

결정을 내린 이안이 기수에게 통보했다.

"타실 줄 아십니까?"

"승마술은 모릅니다만, 다리도 안 닿을 것 같고."

아직 맞춤형 안장이 필요할 덩치.

기수가 의아하다는 듯 되물었다.

"그럼 어떻게……."

"잠시 친구가 될 순 있죠."

그리 말하며 말에게 다가가는 이안.

말의 이마를 쓰다듬어 주며 주문을 걸었다. 온순한 동물을 뜻대로 부릴 수 있는 마법.

"테이밍."

그러자 이안을 향해 혀를 날름거리는 말. 테이밍 주문이 정확하게 들어맞았다.

"먼저 가죠."

그 즉시 말 위로 올라탄다.

아니, 있는 힘껏 매달리는 쪽에 가까웠다.

"에릭 경은 저쪽 연금술사님을 모시고 와주세요."

"예? 저분은 왜……."

"부탁드리겠습니다. 그럼."

에릭에게 레디오와 더글라스를 부탁한 그가 다시금 말의 귀에 대고 속삭였다.

"영주성으로 가자. 데려다줄 수 있지?"

푸르르!

마치 응답하듯 투레질하는 말.

곧장 영주성 방향으로 내달리기 시작한다. 고삐를 당길 필요도, 배를 찰 필요도 없었다.

"……."

얼떨결에 이안의 부탁을 받은 에릭.

멀뚱히 선 레디오를 힐끔 쳐다봤다. 레디오도 그 시선을 피하지 않았다.

실로 어색한 상황.

"레디오라고 합니다. 연금술을 업으로 삼고 있죠."

레디오가 먼저 어색함을 풀고자 노력했다.

"모그리안 기사단 소속, 에릭입니다."

하나 인사를 끝으로 다시금 찾아온 어색함.

결국은 둘 다 멀어지는 이안의 뒷모습만 바라볼 뿐이었다.

한참을 그랬다.

＊

"수단과 방법을 가리지 말고 너의 사람으로 만들어라."

황금과 보석으로 수놓아진 화려한 마차.

그 마차에 젊은 미남자가 타고 있었다.

흩날리는 백금발 머리칼이 인상적이다.

"그 아이를 밑거름 삼아 네 미래를 준비해라."

그린리버 제국의 황태자 '하이든 그린리버'.

그가 황제의 당부를 거듭 떠올렸다.

"오직 너만을 위한 기반을 구축하라는 얘기다."

이안이란 꼬마를 능력껏 구슬려 보라는 당부.

제법 긴 이야기를 나눴지만, 결론은 하나였다.

"하!"

아무리 떠올려 봐도 헛웃음만 나오는 하이든이었다.

마법사라 한들 그깟 꼬마가 뭐라고? 그것들이라면 상아탑에도 널려 있지 않던가?

'재수 없는 꼬맹이들이 너무 많아.'

비단 이안 페이지만을 일컫는 말이 아니었다. 저 황궁의 잘나신 다섯 동생들. 아니, 동생은 아니지.

'어미가 다른데 동생은 무슨.'

언제든 자신의 숨통을 노려올 꼬맹이들.

그놈들만 떠올리면 자다가도 구역질이 날 지경이다.

'내가 황위를 물려받는 날.'

눈엣가시 같은 황자 놈들을 모조리 제거하리라. 특히 다섯 번째 황자, 그 맹랑한 놈만큼은 꼭.

"후후."

상상만으로도 기분이 좋아지는 황태자.

여유가 생긴 듯 마차 밖 풍경을 눈에 담았다. 그린리버의 강답게 에메랄드빛으로 반짝이는 강.

남부와 북부의 경계선 '가마스 강'이 보인다.

"태자전하."

말을 탄 기사 하나가 마차 가까이 접근한다. 제2 황실 기사단장 올리버 레이우드였다.

"지금이라도 연락을 넣는 것이 좋을 듯합니다."

"그 얘기라면 이미 끝난 것 같은데."

그 대답을 들은 단장 올리버의 표정이 미미하게 굳었다. 황태자도 눈치채지 못할 정도로.

"그들에게도 태자전하를 맞이할 최소한의 시간은 필요하지 않겠습니까. 부디 사정을 헤아려 주시길 청합니다."

정중하고도 정중한 올리버의 간청.

"아아, 그리고 보니 단장의 가문도 북부 가문이었나?"

"그렇습니다."

레이우드 가문 역시 모그리안 가문의 봉신 가문.

올리버의 친형이 가주 자리에 앉아 있었다.

"음⋯⋯."

잠시 고민에 빠지는 황태자. 그도 올리버만큼은 썩 마음에 들었다.

항상 우직하게 자신의 옆을 지키는 기사. 뿐인가? 제국제일검이라는 소문이 자자하다.

황태자라면 무릇 이런 인물을 곁에 둬야 하는 법.

'그깟 마법 좀 부리는 꼬맹이가 아니라!'

그것이야말로 황태자의 지론이었다.

"도착하려면 이제 얼마나 남았지?"

"이틀 정도가 소요될 것으로 보입니다."

"좋아. 단장의 얼굴을 봐서 허락하도록 하겠어."

"명을 받듭니다."

다시금 마차와 멀어진 단장 올리버.

그가 부하들에게 명령을 내렸다. 그러자 곧 두 명의 기수들이 대열을 이탈했다.

통신 역참에 들려 모그리안 가문으로 연락을 취하기 위함이었다.

'이틀이면 나쁘지 않지.'

황태자의 장난은 실로 고약했다.

이를테면 귀족들이 허둥거리는 모습. 그 꼬락서니를 볼 때마다 묘한 희열이 느껴졌다.

우월감이라고도 표현할 수 있겠다.

경로를 제대로 알려주지 않은 것도 그래서였다. 미리 예측을 못 하도록 행군 속도까지 올렸다.

북부 놈들이 허둥대는 꼴을 보고 싶었거든.

'북부의 수호자? 제국의 방패? 놀고들 있네.'

예전부터 마음에 들지 않았다. 항상 북부의 전통이 어쩌니 떠드는 미개인들. 마법사는커녕 마나 하트의 기사조차 없는 것들.

그런 것들이 뭘 믿고 그토록 당당할까?

이참에 기를 단단히 꺾어놔야겠다.

'그리고 마법사.'

마차의 뒤편으로 이어지는 웅장한 행렬. 그 행렬 속 또 다른 마차를 황태자가 노려봤다. 황태자의 마차만큼이나 사치스러운 마차 세 대.

각각 한 명씩의 마법사를 태운 마차였다.

'저 오만방자한 것들도 언젠가는 반드시!'

북부는 그야말로 비상이 걸렸다.

모든 귀족들부터 평범한 사람들까지 황태자의 기습적인

방문 소식에 바삐 움직였다.

"태자전하께서 거처하실 곳이다! 한 톨의 먼지라도 나오는 날에는 목이 무사치 않을 게야. 이 점 명심하도록!"

영주성의 수많은 하인과 시녀들은 물론.

"황성 사람들 입맛은 어떻게 맞추지?"

"시녀장님이 오셔야 뭐라도 시작할 텐데……."

"제가 좀 도와드릴게요."

"페, 페이지 부인?"

"아이 참, 그렇게 부르지 말자고 했잖아요."

황성 사람의 입맛을 모르는 부엌데기조차 비상사태였다.

'연락이 없어 늦어지는 줄 알았건만.'

그중 단연코 골머리가 썩는 이. 대영주 마커스 모그리안이 고개를 휘휘 저었다.

모그리안 산의 사건에 이어 황태자라니.

"모두 도착은 했는가?"

"예. 맥파든, 레이우드 가문을 제외한 모든 가문의 가주 분들과 후계자 분들께서 영주성에 도착하셨습니다. 앞선 두 가문도 곧 도착할 거라는 전령이 도착했습니다."

노련한 집사 호가의 흐트러짐 없는 대답.

일단 한시름 덜은 대영주였다.

마땅히 있어야 할 귀족들의 자리가 비어 있다?

황태자라면 분명 꼬투리를 잡을 테니까. 하나 아직 근본적인 문제가 남아 있었다.

"마법사께서는? 아직도 소식이 없으시고?"

"예. 아직은……."

"문제로군."

물론 이안을 탓할 생각은 추호도 없었다. 황태자가 보여줄 반응이 문제일 뿐이지.

"일단 나가세."

대영주가 영주성의 정문으로 향했다.

황태자를 맞이할 대열을 갖추기 위함이었다.

"대영주님을 뵙습니다."

수많은 종신 가문의 가주와 후계자들.

아직 인사조차 제대로 나누지 못했다. 연회 자리에서나 마음 놓고 안부를 물을 수 있으리라.

"인사는 나중에, 태자전하를 맞이할 준비부터 합시다."

그러자 종신 가문의 귀족들이 서둘러 자리를 잡았다.

대영주를 포함한 모그리안 일가의 사람들이 첫 줄을. 뒤로는 각 가문의 가주와 후계자가 일렬로 섰다.

"휴우, 이게 도대체 무슨 소란이랍니까?"

간발의 차로 도착한 레이우드 가문의 가주.

알터 레이우드가 자리를 찾아가며 대영주에게 말했다. 어찌나 말을 타고 달려왔는지 머리털이 다 곤두섰다.

"그러게 말이오."

누구보다 애가 타는 쪽은 대영주였다.

이젠 정말 얼마 남지 않았다.

"황태자 전하께서 오십니다!"

마침내 우렁찬 병사의 목소리가 사방을 흔들었다. 저 멀리서부터 모습을 드러내기 시작한 대규모의 행렬.

순백의 기사단과 병사들, 화려하기 짝이 없는 마차.

결국 우려했던 사태가 현실로 찾아왔다.

"대영주님, 마법사님께서는 어디에……?"

이쯤 되니 다른 가주들도 궁금해졌다.

황태자의 방문 이유가 곧 마법사다.

한데 정작 그 마법사는 어디에 있단 말인가?

"마법사께서는…….."

잠시 자리를 비웠고, 아직 돌아오지 못하셨다. 그 사실을 모두에게 고하려는 그때.

다그닥! 다그닥! 다그닥!

영주성과의 거리가 황태자의 행렬보다 가까운 샛길. 북부의 깊숙한 곳으로 연결된 샛길로부터 말 한 마리가 달려왔다.

등 위에 어떤 소년을 태운, 아니 매단 채로.

"저건……."

정말이지 어설픈 자세였다. 자세라 부르기도 민망하다. 승마술의 기본조차 되어 있지 않았다. 한데도 말 머리의 방향만큼은 흐트러짐이 없다.

"멈춰."

푸르르!

명령 한마디에 말이 스스로 속도를 늦춘다. 제아무리 똑똑한 짐승이기로서니 저게 가당키나 하는 일일까?

오랜 세월 말과 함께한 귀족들이다.

그들의 상식으로는 결코 불가능한 일.

"조금 늦었습니다."

"이제라도 오셨으니 천만다행이오. 자, 이쪽으로."

대영주가 직접 이안의 자리를 잡아줬다. 그만큼 행동 하나하나에 다급함이 묻어났다.

"마법사께서는 황명을 받은 몸, 가장 상석에 서는 것이 제국의 법도요."

두 사람의 대화에 귀를 기울였던 귀족들이 화들짝 놀란다.

짐작은 했지만, 실제로 보니 더더욱 믿을 수 없었다.

'저 소년이…… 마법사?'

기이한 승마술과 함께 나타난 소년. 그가 바로 북부의 귀빈, 마법사 이안 페이지였다.

"너냐?"

영주성 앞 이안을 본 황태자의 첫마디였다. 동시에 끝마디이기도 했다.

다분히 노골적이며 의도적인 무시. 황제의 당부 따윈 안중에도 없는 행동이었다.

물론 이안은 신경 쓰지 않았다.

'원래 그런 놈이니까.'

제 아비가 지닌 성군으로서의 자질도, 제 어미가 가진 현명함도 물려받지 못한 돌연변이.

그야말로 열등감 덩어리한테 무엇을 바랄까? 황제의 사랑이 아니었다면 진즉 무너졌을 놈이다.

'황태자보다는……..'

지금 이안의 눈길이 향하는 곳은 따로 있었다.

황태자와 함께 도착한 세 명의 마법사. 그중 유일한 여성 마법사에게 눈길이 갔다.

'세실리아.'

이안으로서는 아주 익숙한 인물이었다.

물론 다른 두 명의 마법사도 눈에 익다. 다만 저 세실리아의 경우는 특별하다.

'콜드우드 제국의 첩자였지.'

그 사실은 지금보다 한참 후에야 밝혀진다.

마법사가 첩자로 밝혀진, 아주 이례적인 사건. 당시 엄청난 파장을 불러일으켰던 사건이다.

'접근은 예상했지만.'

콜드우드 제국이든, 로 공국이든 접촉을 시도할 거라고는 충분히 예상했던 바다. 한데 다른 인물도 아닌 저 여자를 보냈다?

'여차하면 실력 행사라도 하겠다는 건가.'

마침 세실리아가 이안을 바라봤다. 매혹적이면서도 싱그러운 미소와 함께.

이안 역시 그 시선을 피하지 않았다. 천진난만한 어린아이의 얼굴로 화답했다.

긴 밤이 될 것 같았다.

밤이 깊은 모그리안 영주성의 연회장.

황태자의 방문을 기념해 푸짐한 연회가 열렸다. 고작 이틀을 준비한 것 치고는 만족스러운 연회였다.

다소간의 감정과 입장 차이가 어떠하든. 귀한 손님은 반드시 연회로 맞이하라.

이야말로 북부 귀족들의 오랜 전통.

황태자가 그토록 혐오했던 북부의 전통.

그러나 정작 황태자는 연회를 거부하지 않았다.

"하하! 내 북부의 와인이 이토록 기가 막힐 줄은 몰랐소!"

오히려 연회를 전력으로 즐기면 즐겼지.

누구보다 술을 사랑하는 황태자다. 아니, 사랑을 넘어서 집착에 가까웠다.

'황태자란 놈이 저렇게 줏대가 없어서야.'

왁자지껄한 분위기 속에서 황태자를 지켜보는 여인.

마법사 세실리아가 혀를 끌끌 찼다.

'뭐 우리한테는 좋지.'

그녀는 콜드우드 제국의 첩자다.

얼간이 같은 황태자? 나쁠 건 없다. 성군이라는 황제조차 저 얼간이를 감싸고돈다. 그만큼 그린리버의 미래가 어둡다는 증거겠지.

'그 꼬마는…….'

그렇다고 저 얼간이를 계속 지켜볼 필요는 없다.

오늘 밤 그녀의 목표는 어디까지나 이안.

세실리아의 눈이 이안을 찾았다. 하지만 연회장에는 보이지 않았다.

'천천히 찾아볼까?'

슬쩍 연회장을 빠져나오는 세실리아.

본국에서 내려온 첫 번째 지령은 간단했다. 어떻게든 황태자의 북부 방문에 합류하라.

'일단 오긴 했는데.'

그다지 어렵지는 않았다. 상아탑에서도 큰 영향력이 있는 3클래스 마법사.

가고자 한다면 능히 그럴 수 있다.

'정말일까?'

이안에 관한 파견 마법사의 보고와 북부로부터 들려오는 몇 가지 소문들.

빠짐없이 본국으로 보고하기는 했다. 하나 그럴 때마다 의심이 들었다.

스스로 마나의 운용을 터득해? 가르쳐주지도 않은 마법을 부려? 최초의 마법사라도 되는 것처럼?

그 의문은 본국 역시 마찬가지였다.

'믿을 수가 있어야지.'

그리고 얼마 전, 두 번째 지령이 떨어졌다.

─소년을 둘러싼 소문의 진위 여부를 직접 파악하라.

힘으로 알아보라는 소리였다.

부풀려진 소문이다? 얼버무리면 그만이다.

같은 마법사로서, 상아탑의 선배로서 호기심이 생겼다고.

마침 상아탑주도 이안을 주시하라 명했으니까. 단 소문이 사실이라면 얘기는 달라진다.

'그 어미와 함께 반드시 생포, 본국으로 귀환.'

앞으로 기회는 점점 더 적어질 거다. 반드시 지금, 북부에 있을 때 모든 일을 끝내야 한다.

즉 연회에 정신이 팔린 오늘 밤이 적기였다.

'그래도 납치는 좀 의외긴 한데.'

일단 살려서 가져와라.

그 상태로 포섭을 시도하겠다.

끝내 불가능하다면 제거하는 편이 낫다.

뛰어난 무기를 다른 이의 손에 쥐어줄 수는 없다. 본국의 의지가 뚝뚝 묻어나는 지령이었다.

'일단 침실에는 없고.'

그 어미란 자는 무슨 이유인지 부엌일을 도왔다. 부엌데기 출신이라더니, 정말인 듯하다.

'주로 연무장에 있다고 했었나?'

이곳 하인들의 말로는 그랬다.

영주성 연무장 중 가장 넓은 제1 연무장. 항상 그 한가운데 우두커니 서 있다고.

가끔 대단한 마법을 본 사람들도 있다던데, 솔직히 조금

과장 같긴 하다.

'소문은 부풀려지게 마련이니깐.'

수백 마리의 고블린? 기껏해야 백 마리 정도 되겠지. 물론 그 마저도 어마어마한 재능은 맞다.

여전히 납치해야 할 재능의 범주였으니까.

'여기 있나?'

이윽고 제1 연무장 인근에 도착한 세실리아. 그녀가 슬쩍 내부 인기척을 살폈다.

마법으로 하여금 기척도 깔끔하게 지웠다.

'있네.'

예상대로 이안은 이곳에 있었다.

하인들의 말 그대로였다. 연무장 한가운데 가만히 서 있다. 조금의 미동도 보이지 않는다.

'일단 처음은 가볍게.'

이제 본격적으로 테스트를 시작할 순간이 찾아왔다.

'노크 정도?'

세실리아의 머리 위로 몇 개의 푸른 구체가 생겨났다.

속성을 부여하지 않은, 순수한 마나 덩어리.

가벼운 주먹질만한 파괴력을 지닌 초급 마법이다.

'매직 미사일.'

그 세 발의 구체가 이안을 향해 날아들었다. 설령 맞더라도 크게 다치지는 않을 터.

쾅! 콰앙! 콰앙!

둔탁한 굉음.

세실리아의 예상과는 달랐다. 육신을 때리는 소리가 아니었으니까.

'실드?'

과연 그랬다. 반투명색 보호막이 소년의 주변을 감싸고 있었다.

둔탁한 굉음의 이유였다.

'어떻게?'

이런 기습적인 공격에 실드로 반응을 한다?

설마 예측이라도 했다는 건가. 그럴 리는 없을 텐데.

'아주 헛소문은 아니다 이거지?'

이안 앞에 모습을 드러낸 세실리아.

더 이상 숨어 있는 것도 의미가 없다.

"누굽니까?"

소년의 목소리에는 아무것도 느껴지지 않았다.

이런 상황이라면 으레 느껴질 감정. 당혹스러움, 호기심, 공포, 뭐 그런 것들.

확실히 이상하다. 그리고 수상하다.

"마법 보면 몰라? 네 까마득한 상아탑 선배시지."

세실리아가 시치미 뚝 떼고 답했다. 얼굴에 웃음기도 살짝 뿌렸다.

조금만 더 대화를 나눠보자.

"뭐하자는 겁니까?"

"마법사끼리 인사도 못 해?"

"인사를 이딴 식으로 합니까?"

"어머? 어린 게 말하는 본새 좀 봐."

너스레를 떨며 접근하는 세실리아.

가까이서 이안의 표정을 확인하고 싶었다.

"선배가 까마득한 후배한테 장난 좀 칠 수도 있는 거지."

예상대로였다.

조금의 당황한 기색도 보이지 않았다.

"꼭 그렇게 정색까지 해야겠니? 사람 민망하게……."

"세실리아."

이름을 불린 세실리아가 순간 멈칫했다. 저 꼬마에게 이름을 말해줬던가?

아니, 결단코 그런 적은 없다.

"세실리아 콜드워커."

"……뭐?"

콜드워커.

날 때부터 콜드우드의 첩자로 길러지는 아이들.

그중 마지막까지 살아남아 임무를 시작한 첩자들. 바로 그런 아이들에게 하사되는 비밀의 성이다.

본국에서도 극소수만이 콜드워커의 존재를 알 터.

한데.

"너…… 누구야?"

경계심 가득한 세실리아의 목소리였다.

감정을 숨기는 것이야말로 콜드워커의 기본. 하나 지금 이 순간만큼은 방법이 없었다.

"그 이름을 어떻게……."

"잘 알지."

당연히 그럴 수밖에.

제국에 숨어든 콜드워커의 덜미를 잡아낸 자.

또한 그 대부분을 소탕한 인물. 그것이 바로 전생의 이안 페이지였으니까.

"너희들이 어떤 가면을 쓰고 무슨 수작을 부리고 있는지, 원한다면 읊어줄 수도 있어."

"헛소리도 정도껏……."

"몰튼가 마구간지기 욜, 황실 서기관 로빈."

다짜고짜 누군가들의 이름과 소속을 부르는 이안.

"9군단 국경 수비대 소속 에리오, 황실 별궁 시녀장 이자벨. 아, 시녀장은 아직이겠군."

전생에서 이안이 찾아냈던, 그리고 기억에 남은 콜드워커.
그중 지금의 시간대에도 충분히 활동할 법한 첩자들.

"이 사람들의 공통점, 혹시 알고 있나? 난 알 것도 같은데."

그들의 이름과 대략적인 소속을 나열했다.

"도대체……."

세실리아의 평정심은 엎어진 조각배나 마찬가지였다. 혼란이 한계를 넘어섰다.

"걱정 마. 아직 나밖에 모르니까."

그런 세실리아에게 이안이 말했다.

아주 여유로운 목소리였다.

"누구한테 말할 생각도 없고."

"그게 무슨 소리지?"

"너희들은, 그러니까……."

잠시 표현을 떠올리려는 듯 생각에 잠긴 이안.

"여분의 식량."

"……?"

"필요할 때마다 한 명씩 잡을 생각이거든."

제국에 숨어든, 혹은 앞으로 숨어들 콜드워커들.

이안으로서는 그저 공 쌓기의 한 방편에 불과했다. 필요할 때마다 한 명씩 끄집어낼 공적 마나 덩어리.

언제 또 전쟁이 발발할 지 알 수 없는 시대다.

첩자 색출이야말로 가장 큰 공적 아니겠는가? 여분의 식량이라는 표현이 딱 어울렸다.

'정체가 뭐지?'

입술을 잘근 깨무는 세실리아.

실로 기이한 존재가 눈앞에 나타났다. 콜드워커의 명단을 정확히 파악하고 있는 존재. 심지어 아군도 아닌, 적군일 가능성이 농후한 존재. 최소한의 평정심도 유지하기가 어려웠다.

그럼에도 대책은 세워야 했다.

본국과 연락을 주고받을 수도 없는 상황. 모든 것은 그녀의 손에 달렸다.

'내가 판단해야 해.'

우선 본국의 명령대로 이 꼬마부터 생포한다.

명령도 명령이거니와, 그냥 두기에 위험한 아이니까.

이후 본국으로 비상 연락을 취한다. 모든 콜드워커가 발각되었을 가능성이 높다고.

다행이 여기는 국경과 인접한 북부.

가까운 만큼 성공 가능성이 크다.

'여의치 않다면…….'

그럴 경우 반드시 사살해야 한다. 첫 순위는 생포, 후 순위는 사살.

간을 볼 여유가 없다. 단숨에 끝낸다.

"그 이름을 어찌 아는지는 모르겠지만, 꼬마야."

세실리아의 사방으로 불덩이가 피어올랐다.

사람 머리통만 한 크기의 불덩이 여섯 구. 매직 미사일과는 파괴력부터 차원이 다를 터.

"모르는 척하는 편이 좋았을 거야."

그 말과 동시에 맹렬한 기세로 날아드는 불덩이.

여섯 구 모두 이안의 몸뚱이를 노렸다.

실드 따위로는 감히 버틸 수가 없을 터.

"마나 배리어."

하나 이안의 대응은 간단하면서도 놀라웠다.

실드보다 한 단계 상위 마법으로 꼽히는 마나 배리어. 어마어마한 내구력을 자랑하는 푸른빛 방어막이었다.

'마나 배리어를?'

당황할 수밖에 없다.

마나 배리어는 무려 3클래스의 마법.

인즉 자신과 저 꼬마가 최소한 동급이라는 뜻이다. 파견 마법사의 보고와 소문은 결코 거짓이 아니었다.

오히려 그 수준을 훨씬 뛰어넘은 것 같다.

콰아앙! 콰앙! 콰아아앙!

불덩이가 이안의 마나 배리어를 사정없이 후려쳤다. 커다란 폭발음이 연무장에 쩌렁쩌렁 울렸다.

사방이 조용한 탓에 생각보다 요란스럽다.

자칫 사람들이 몰려올지도 모르는 상황. 무슨 수를 써서라도 빠르게 끝내야 한다.

'어떻게든 저 배리어 안에서 끄집어내야…….'

대책을 강구하는 세실리아.

시간은 자신이 아닌 저 꼬마의 편이었다.

'속 좀 탈 거다.'

그 모습에 이안이 피식 웃었다.

마법사의 대결, 그것은 생각보다 지루한 싸움이다. 사람들은 그저 화려한 마법의 대향연을 기대한다.

하나 실상은 전혀 그렇지가 못하다.

서로 방어 마법에 꽁꽁 숨어 기회만을 노린다.

목숨이 걸린 판국에 마법쇼나 펼치고 앉았겠는가?

지루함 속에서도 끝내 집중력을 잃지 않는 마법사, 대부분 그러한 마법사가 마법전의 승리를 거둔다.

'물론 그건 평범한 마법사들의 경우.'

하나 전생의 이안은 달랐다.

압도적인 공격 마법으로 마법사와 방어막을 동시에 박살 내버렸다. 어디까지나 전생에서는 말이다.

'지금은 좀 힘들고.'

그 정도의 고위 마법을 펼쳐낼 마나가 부족하다. 지금은 이안으로서도 다른 방법을 찾아야 했다.

'계속 이러고 있을 수는 없으니까.'

세실리아 역시 3클래스의 마법사다.

그녀 또한 마나 배리어가 가능할 터. 다행이 이안에게는 한 가지 방법이 있었다.

조금 더 정확하게 표현하자면.

'다른 방법을 만들어놨지.'

영주성 앞에서 세실리아를 봤을 때. 이미 그때부터 예상은 하고 있었다. 타국의 첩자로서 접근을 해올 거라고.

단순한 포섭시도가 아닐지도 모른다고. 그래서 약간의 준비를 해뒀다.

저 어둠으로 가득한 연무장의 밤하늘에.

"라이트."

작은 빛의 덩어리를 만들어낸 이안.

랜턴이나 촛불 대용으로 쓰이는 생활 마법이다.

'갑자기 라이트는 왜?'

이안의 선택에 세실리아 또한 의문을 가졌다.

당장 생사가 오고 갈지도 모르는 상황. 그런 순간에 무슨 라이트란 말인가?

"난 당신이 콜드워커란 걸 알고 있었어."

빛의 덩어리가 허공 위로 두둥실 떠올랐다.

높이, 더 높이, 조금 더 높이.

"알면서도 여기에 혼자 있었지. 왜?"

라이트로 하여금 환하게 비춰진 연무장의 밤하늘.

순간 세실리아의 낯빛이 흑색으로 변했다. 허공에 수놓아진 대량의 얼음덩이.

잘 벼려진 얼음덩이들이 그녀를 노려보고 있었다.

"연무장으로 찾아올 것도 예상했거든."

연회가 시작된 직후부터 미리 준비해 놨다. 수 시간에 걸쳐 준비한 이안의 걸작, 연무장이라는 이름의 커다란 함정을 말이다.

"아이스 스피어."

비가 내리듯 얼음덩이가 우수수 떨어졌다. 이는 막무가내로 내리치는 소나기 따위가 아니었다.

한발 한발이 저마다 뚜렷한 목적지를 가졌다. 세실리아의 몸뚱이라는 매력적인 목적지를.

"이런……!"

황급히 마나 배리어를 펼치는 세실리아.

수많은 얼음덩이가 그녀의 마나 배리어에 몸을 날렸다.

카앙! 캉! 카앙! 카아앙!

마치 쇠붙이가 방패를 두들기는 소리, 더 이상 숨어 있는 쪽은 이안이 아니었다.

쩌적! 쩍! 쩌저적!

세실리아의 배리어에 금이 갈라지기 시작했다. 제아무리 마나 배리어라 한들 한계란 존재한다. 물론 깨지는 순간에 재생성을 시도할 수도 있다.

세실리아 정도의 마법사라면 크게 어렵지 않을 터.

다만, 이안의 얼음덩이는 그런 용도가 아니었다.

"후우우……."

지켜보던 이안이 두 손바닥을 어깨너비로 맞댔다.

그리고 그 가운데에 마나를 끌어 모았다.

화르르륵!

불덩이였다. 고작 하나의 불덩이. 단지 그 덩치가 상상 이상으로 커다랗다.

눈밭을 구르는 눈덩이가 불어나듯이 불덩이 역시 점점 더 불어났다.

"가만히 있어."

연무장 하늘에 만들어놓은 아이스 스피어들.

그 수많은 얼음덩이는 단지 미끼에 불과했다.

본능적으로 방어막을 펼치도록. 해서 조금도 움직일 수 없도록.

모두 이 한 방을 위하여 준비된 일련의 과정일 뿐.

"파이로 블래스트."

이윽고 거대한 불덩이가 이안의 두 손을 떠났다.

쿠구구구구……

연무장의 바닥을 가르며 날아드는 불덩이.

세실리아도 익히 알고 있는 마법이다. 투사 속도가 느린 탓에 효율이 떨어지는 마법.

물론 그 위력 또한 누구보다 잘 아는 바, 당장에라도 몸을 던져 피해야 한다.

'이대로는 죽어.'

문제는 얼음덩이를 막아내고 있는 방어막. 방어막을 펼친 상태로는 움직일 수 없다.

두 가지 중 하나를 선택해야만 하는 상황. 이대로 죽거나, 일말의 가능성에 몸을 맡기거나.

세실리아의 선택은 당연하게도 후자였다.

겨우 이런 곳에서 죽자고 선택한 삶이 아니니까.

"해제."

너덜너덜해진 방어막이 와르르 무너졌다.

자유를 부여받은 두 다리가 있는 힘껏 지면을 박찼다. 저 거대한 불덩이의 범위로부터 벗어나기 위해서.

푸욱! 푹! 푸욱!

하나 얼음덩이들에게 자비란 없었다. 무방비로 노출된 그녀의 육신을 귀신같이 파고든다.

"흐으윽......!"

붙잡기 힘든 신음이 입술을 비집고 튀어나왔다. 어깨부터 옆구리, 팔, 그리고 허벅지까지.

찌름을 넘어선 관통의 통증이 전신을 강타했다.

맨정신으로는 버티기 힘들 극악의 고통.

'살았다.'

그럼에도 세실리아는 확신을 가졌다. 치명적인 급소는 모두 피해갔다.

불덩이의 범위도 완전히 벗어났다.

아직 살 수 있다.

콰과과과과광—!

어마어마한 폭발음이 영주성 전체를 쩌렁쩌렁 울렸다.

세실리아를 비켜간 불덩이가 영주성의 외벽을 박살 내는 소리였다.

"마나 배리어......!"

연무장 바닥을 데굴데굴 구르는 세실리아. 그녀가 다시금 마나 배리어를 펼쳤다.

이제 허공에 남은 저 얼음덩이도 무용지물이다.

"하아! 하아! 하아......"

얼음덩이에 당한 몸뚱이가 피를 잔뜩 토했다. 몸을 뉘인 바닥이 흥건하게 젖어갈 정도로. 하지만 괜찮다. 곧 사람들이 올 거다.

모두가 세실리아를 치료해 줄 터.

'증거는 아무것도 없어.'

일단 살아남았다. 그거면 충분하다.

증거는 없다. 자신이 첩자라는 증거 말이다. 저 꼬마가 어떻게 알고 있는지는 모르겠지만, 그 증거까지 가지고 있을 리가 만무하다. 확신할 수 있다. 그만큼 매사에 철저했으니까. 아무런 흔적도 남기지 않았으니까.

'사람들은 내 말을 믿겠지.'

더군다나 그녀는 상아탑의 3클래스 마법사. 무려 11년을 상아탑에 헌신하는 척 살았다.

증거도 없는 꼬맹이의 헛소리에 의심을 받지는 않을 거다.

'일단 회복하고 후일을 도모한다면……'

세실리아가 앞으로의 처신을 계획하는 그때.

"휴우!"

이안이 그녀의 지척으로 다가와 털썩 주저앉았다. 유독 연무장 바닥에 떨어진 술병 하나가 눈에 띄었다.

'하프 엘릭서라 하더니.'

레디오가 선물이라며 줬던 하프 엘릭서.

즉각적으로 효과를 볼 수 있다는 말이 떠올랐고, 도움이 될까 싶어 미리 마셔 놨다. 결과는 만족스러웠다. 피투성이가 된 채 널브러진 세실리아가 그 증거였다.

 '후유증은 좀 있을 것 같다만.'

 아직도 쿵쾅거리는 마나 하트가 문제라면 문제.

 "이참에 한 건 올려볼 생각이야."

 애써 심장을 진정시킨 이안이 작은 목소리로 중얼거렸다.

 "그쪽을 팔아서."

 "후후, 그게 가능할까?"

 "가능하지."

 "증거가 없을 텐데? 난 확신할 수 있어."

 "맞아. 그때도 넌 깨끗했었지."

 "그때?"

 "그런 게 있어."

 그때라니? 허세라도 부리는 걸까? 묘한 불안감이 세실리아를 괴롭혔다.

 "콜드워커, 너희들 스스로도 모르는 증거."

 "또 무슨 헛소리를……!"

 "재촉하지 마. 금방 알려줄 테니까."

 그 뒤로는 양쪽 모두가 예상했던 그대로였다.

"대체 무슨 일이……."

"벽이 왜……?"

연회를 즐기던 수많은 이들이 연무장으로 몰려들었다. 모두들 산산조각이 나버린 영주성 외벽에 한 번 놀랐고, 피를 흘리는 세실리아를 보며 두 번 놀랐다.

"세실리아?"

함께 왔던 두 명의 마법사가 황급히 달려왔다. 척 보기에도 세실리아의 상태가 심각해 보였다.

"뭐가 어떻게 된 겁니까? 이 상처는…… 마법?"

순간 두 명의 마법사가 서로를 바라봤다.

지금 모그리안 영지 내의 마법사는 넷.

자신들을 포함한 세실리아와 파견 마법사 마르코. 이 중 마르코는 탑주가 내린 임무를 수행 중이다.

그렇다는 것은.

"제가 그랬습니다."

모두의 시선이 이안에게 집중되었다.

외벽을 박살낸 것도, 세실리아에게 중상을 입힌 것도. 전부 스스로가 벌인 짓임을 시인하는 소년.

약간의 침묵이 감돌았다.

"소상히 말해보시오."

묵직한 저음의 목소리가 침묵을 깨부쉈다. 제2 황실 기사단장 올리버 레이우드였다.

"무슨 일이 있었소?"

"우연히 봤습니다. 저분이……."

잠시 뜸을 들이며 세실리아를 바라본 이안. 세실리아의 얼굴에 의아함이 묻어났다.

대체 무슨 헛소리를 하려고?

"어떤 복면 쓴 사람과 얘기하는 모습을."

"하?"

그 말에 세실리아가 조소를 날렸다.

고작 한다는 게 말도 안 되는 거짓부렁이라니. 증거도, 증인도, 아무런 증명도 없는 거짓말.

비웃음이 나올 수밖에 없었다.

"계속하시오."

"저를 보자마자 죽이려 하셨습니다."

"해서 저렇게 만들었다?"

"살아야 했으니까요."

실로 믿기 어려운 얘기였다.

세실리아는 명실상부 상아탑의 3클래스 마법사다.

한데 그런 자를 이겼다고? 지금껏 이안에 관한 소문은 충분히 들었다.

황성에서도, 북부에서도. 모두가 이안을 말했으니까.

최초의 마법사와 같은 천재다. 배우지 않고도 수많은 마법을 일으킨다.

대영주를 구하고 북부의 영원한 귀빈으로 인정받았다.

그럼에도 선뜻 믿기란 어려웠다.

"그 말을 증명할 수 있겠소?"

단장 올리버조차 믿기 힘든 이야기.

진심으로 증명의 여부를 물었다기보다는, 그저 반사적으로 튀어나온 물음이었다.

"서로 뭔가를 확인하는 것 같았습니다."

"확인?"

"몸에 새겨진 표식 같은……."

이안이 의도적으로 말꼬리를 흐리자.

"확인하라."

단장 올리버가 즉각적으로 명령을 내렸다.

다른 이도 아닌 세실리아의 몸수색을 명한 거다.

"이보시오, 단장! 모욕이 지나치지 않소!"

"우리가 상아탑의 마법사란 사실을 잊은 게요?"

당연히 반발을 하고 나서는 상아탑의 마법사들. 3클래스 마법사 둘이 반발하고 나선다면 그 어떤 기사도 꼬리를 내리게 마련이다. 하나 올리버 레이우드는 아니었다.

스르릉!

오히려 검을 뽑아 마법사들을 견주었다.

다른 기사들은 감히 꿈도 꾸지 못할 행동.

"가, 감히⋯⋯!"

"감히?"

늙은 마법사의 말에 격분하는 단장 올리버.

그가 한층 격양된 어조로 말문을 쏟아냈다.

"전하께서 계신 자리요. 그 자리에 불미스러운 일이 발생했소. 상아탑의 마법사가 연관되었고, 마땅히 밝혀내야 할 소임이 있소. 한데 감히? 지금 감히라고 하셨소?"

"그, 그건⋯⋯."

마법사들은 한마디 대꾸조차 할 수 없었다.

제아무리 마법사라해도 황족 위에 서지는 못한다. 속으로야 어찌 생각을 하든, 법도와 상식이 그렇다.

"하면 일단 치료부터⋯⋯."

"그건 확인이 끝난 뒤에 얼마든지 하시오."

단장 올리버가 다시금 명령을 내렸다.

성별을 고려하여 하녀들에게 몸수색을 시켰다.

'무서운 양반을 또 만났군.'

그런 단장의 얼굴을 보며 이안이 전생을 떠올렸다. 제국제일검, 아니 '대륙제일검' 올리버 레이우드.

끝까지 황태자를 모셨던, 보기 드문 충성심의 기사.

'결국 라그나르의 마법사들에게 죽었지.'

황태자를 지키는 최후의 결전에서, 그는 현 탑주가 포함된 마법사들을 상대로 무려 다섯의 사상자를 냈다. 모두 2클래스 이상의 마법사였다.

'역사에는 그저 반역자로 남았지만.'

기사로서 가히 정점에 도달했던 인물. 적어도 이안은 그렇게 평가하고 있었다.

아마 지금도 엄청난 경지를 이루고 있을 터. 마법사랍시고 함부로 덤벼들 상대가 아니다.

"보이는 게 있는가?"

단장이 몸수색에 나선 하녀들에게 물었다.

"아, 아무것도 보이지 않사옵니다."

"확실한 것이냐?"

"거듭해서 살펴보았으나……."

표식은커녕 아무것도 없다.

그 말에 두 명의 마법사가 노발대발하며 나섰다.

"내 뭐라 하였소! 의심할 사람이 따로 있지!"

"당장 치료부터 시작해야 하오! 당장!"

하나 올리버는 그들의 말을 듣지 않았다. 오로지 이안을 바라보며 재차 확인할 뿐이었다.

"거짓이었소?"

"그럴 리가요."

가볍게 대꾸한 이안이 세실리아에게 다가갔다.

설마하니 직접 몸수색이라도 하려는가 싶은 찰나.

"어머!"

"저, 저런……."

이어지는 이안의 행위에 모두가 흠칫 놀랐다.

사내들은 고개를 돌렸고, 여인네들은 어쩔 줄을 몰랐다. 하녀들은 물론 대영주의 부인부터 마가렛까지.

뒤늦게 연무장으로 달려온 베네사조차 당황시켰다.

"여깁니다."

사람들의 시선에도 이안은 아랑곳하지 않았다.

오히려 더더욱 강하게 잡아당겼다. 세실리아의 상의 자락, 그 목덜미를 말이다.

흉부가 훤히 다 드러날 정도로.

"무엇을 말하는 건지 모르겠군."

오직 단 한사람.

올리버만이 똑바로 응시할 뿐이었다. 아무런 감흥도 없는 듯 보인다.

"계속 보세요."

아예 세실리아의 몸으로 손을 가져가는 이안.

이번만큼은 세실리아 역시 당혹스러움을 느꼈다.

"지, 지금 뭐하는……!"

단언컨대 표식 따위는 없다.

다른 누구도 아닌 스스로의 몸이다.

몸에 새겨진 표식이 있다면 모를 리가 있겠는가?

그때였다.

"여기 어딘가에……."

적은 마나가 세실리아의 상체에 주입되었다. 정확히는 피부를 맴돌다 증발해 버렸다.

그러자 곧 이변이 일어났다.

마나가 훑고 지나간 세실리아의 오른쪽 가슴. 그 상단으로 무언가 모습을 드러내기 시작했다.

푸른빛을 발하는 정체불명의 문양.

문양이 뜻하는 바는 알 수 없었다.

하나 이 현상 자체가 무엇인지는 짐작할 수 있었다.

"마나…… 각인?"

가장 크게 놀란 사람은 오히려 세실리아였다.

자신의 몸에 마나 각인이 새겨져 있었다고? 그것도 콜드워커를 뜻하는 문양이?

'말도 안 돼.'

결단코 기억이 나지 않는다.

마나 각인을 새겨본 바가 없다는 얘기다. 도대체 언제? 어디서? 어떻게?

"너…… 무슨 짓을 한 거야?"

그녀가 흐릿해지는 눈빛으로 이안을 노려봤다.

놈이 수작을 부린 게 분명하다. 그렇지 않고서야 이런 각인이 존재할 리가.

"아까도 손으로 뭘 하나 싶었는데, 마나였네요."

조금의 흔들림도 없이 거짓을 고하는 이안. 세실리아의 비웃음이나 샀던 거짓이, 이제는 신빙성을 갖추기 시작했다.

'당연히 모를 테지.'

콜드워커들은 날 때부터 특유의 양성소에서 자란다.

그 당시 새겨진 일종의 '낙인'이라고 보면 된다.

관리자들이 보다 쉽게 관리할 수 있도록 찍어둔 낙인. 갓난아기 때의 일을 기억할 리가 있겠는가.

'그쪽 관리자에게 얻어낸 정보니까.'

지금 떠올려도 혀가 내둘러지는 독종이었다. 어렵사리 생포했던 콜드워커의 상급 관리자.

무려 일 년 동안 강도 높은 고문을 견뎌냈다.

끝내 실토하긴 했지만.

"이 문양이 무엇을 뜻하는지 아는 바가 있소?"

한편 올리버가 마법사들을 바라보며 질문했다. 그들은 꿀 먹은 벙어리가 되어 고개만 저을 뿐이었다.

"이안 님께서는?"

이안 역시 고개를 저었다.

더 이상의 아는 척은 오히려 독이 될 터.

"음."

이내 생각에 잠긴 단장 올리버.

문양이 뜻하는 바는 알 수 없었다. 다만 이안의 증언에 신빙성이 생겼다.

정황상의 증거라는 게 존재하는 법. 대대적인 조사를 착수할 필요성이 느껴졌다.

"우선 치료부터 하라. 신문은 그 후에 하겠다."

수하들에게 명을 내린 올리버. 그가 두 명의 마법사를 바라보며 말했다.

"두 분께서는 마나 감옥을 준비해 주시오."

"크흠……!"

마나 감옥은 마법사들의 특수한 마법진을 말한다.

마나의 흐름을 방해하는 안티 매직 성질의 마법진. 마법사를 수감할 때 반드시 필요하다.

"단장님."

올리버의 명을 끝까지 기다렸던 부단장이 다가왔다.

"무슨 일인가?"

"어째서 주변 수색을 명하지 않으십니까?"

"그 복면의 괴한을 찾아야 한다는 건가?"

"아무래도 그래야……."

"시간 낭비일세."

"예?"

부단장의 의견을 단호하게 끊어버리는 올리버였다.

"무의미한 수색으로 병력을 분산시키지 않겠다는 얘길세. 그보다는 경계를 강화시켜 전하의 안전부터 확보함이 옳아."

"으음……."

"잊지 말게. 우리가 어떤 임무를 받고 북부에 왔는지."

철저히 황태자 위주의 행동 방침이었다. 호위군으로서 옳은 판단이기도 했다.

부단장도 납득을 했는지 한발 물러섰다.

철컥!

이내 검을 거둔 올리버가 이안에게 말했다.

"모든 정황이 사실로 밝혀진다면, 내 오늘의 사건을 폐하께 고할 것이오."

상을 받게 해주겠다는 완곡한 표현. 그것이야말로 이안이 바라는 바였다.

현 황제의 성격상, 원하는 상을 직접 물어볼 거다. 이치에 어긋나지 않는다면 들어줄 가능성도 크다.

바로 그러한 상황이 직면했을 때, 이안은 요구할 것들이
있었다.

　'아주 많지.'

6장
용언서

술과 고기, 연주로 가득했던 영주성은 어느덧 묵직한 공기만이 남았다. 더 이상의 연회도, 더 이상의 와인도, 더 이상의 웃음소리도 들리지 않았다.

'그 정도였을 줄이야.'

영주성에 마련된 황태자의 처소.

황태자는 여전히 아까의 일을 떠올리며 북부 와인을 홀짝였다. 생각하면 생각할수록 흥미로웠다.

'어린놈이 그렇게 강할 수가 있나?'

마법사가 첩자로 의심되는 정황이 밝혀져서? 아니, 그런 건 황태자에게 아무런 감흥도 없었다.

단지 세실리아를 상대로 그 꼬마가 승리했다는 사실.

오직 그것만이 황태자의 흥미를 끌어당겼다.

'별거 없는 놈이라고 생각했는데.'

황태자도 3클래스가 어떤 의미인지는 알고 있다. 대부분은 2클래스조차 넘기기 힘들다고 들었으니까.

한데 그런 자를 이겼다.

그 이안이라는 꼬마가 슬슬 탐이 나기 시작했다.

'오른쪽으로는 단장, 왼쪽에는 그놈이라…….'

검으로는 이미 절대적인 입지를 가진 올리버.

발전 가능성이 무궁무진한 이안.

이 둘을 곁에 거느릴 수만 있다면? 모두가 자신의 발 앞에 설설 기지 않을까?

별궁의 눈엣가시 같은 황자 놈들도, 상아탑의 콧대 높은 마법사 놈들도.

'한데 어떻게 구슬리지?'

살면서 한 번도 타인의 마음을 얻어 본 바가 없다. 사람 구슬리는 법을 알 턱이 있겠는가.

'그렇지! 아바마마처럼 해보는 거야.'

평소 많이 봐왔다.

아바마마께서 공을 치하하는 방법.

그대로 한 번 해보는 거다.

못 할 것도 없잖아?

"단장."

"하명하십시오."

"그놈, 여기로 데려와."

황태자의 말을 이해한 단장 올리버.

대기 중인 수하들로 하여금 이안을 대령시켰다.

"찾으셨습니까. 황태자 전하."

"오, 왔구나. 왔어."

황태자가 가식적인 얼굴로 이안을 맞이한다.

처음 봤을 때와는 정반대의 태도였다. 설마 저 정도로 돌
변할 줄이야.

사람이라면 조금 민망할 법도 할 텐데.

"내 너를 부른 것은 다름이 아니라…… 그래, 너의 그 뛰
어난 무용에 감탄했도다. 그 첩자 년도 대단한 마법사가 아
니었더냐? 그런 년을 산 채로 잡아다 놨으니, 네 공이 큰 줄
로 안다."

"황공하옵니다."

한껏 의기양양해진 황태자의 목소리.

스스로 생각해도 제법 근엄했다 여기는 모양이다.

"해서 말이지. 내 특별히 너에게 상을 내리고 싶구나. 혹
받고 싶은 상이 있더냐? 돈이든, 황금이든, 땅이든. 말만
한다면 무엇이든 들어주마."

이안은 자칫 코웃음을 칠 뻔했다.

지금 제 아비라도 따라하겠다는 건가?

어설퍼도 너무 어설프다.

'그렇게 말해봐야 요구할 것도 없는데 말이지.'

말 그대로다. 황태자에게는 요구할 만한 게 아무것도 없다. 현 황제나 상아탑의 탑주라면 모를까. 해봤자 재물이 전부일 터.

'말 나온 김에 얘기나 한 번 해볼까.'

순간 적절한 요구가 한 가지 떠오르는 이안이었다.

들어줄지는 모르겠다만, 요구해 볼 가치는 충분하다. 가는 길이 좀 애매하여 나중에나 들릴까 싶었는데.

"하오면……."

"말해봐라."

"전하께서 허락만 해주신다면, 황성으로 가는 길에 옛 상아탑의 터를 구경해 보고 싶습니다."

"옛 상아탑의 터를?"

옛 상아탑의 터.

백여 전까지만 해도 상아탑이 자리했던 일종의 유적지다.

상아탑이 황성과 가까운 지금과는 달리 아주 먼 곳에 있었다.

"그 폐허는 왜? 뭐 볼게 있다고."

"소인에게는 이야기로만 접할 수 있었던 땅입니다. 언젠가 한 번쯤 꼭 가보고 싶다는 생각에……."

황태자로서는 너무 소박한 청이었다.

소박함을 넘어 이해조차 되지 않는 소원.

억만금의 금은보화나 벼슬까지는 아니더라도, 무언가 재물적인 가치를 바랄 거라 여겼거늘. 고작 바란다는 게 아무 짝에도 쓸모없는 유적지 탐방이라니. 역시 어린놈은 어린놈이다. 적어도 겉모습만 어릴 뿐 권좌에 눈이 먼 황자 놈들과는 달랐다.

'까짓 못 들어줄 것도 없지.'

옛 상아탑의 터라면 돌아가는 길과 조금 엇나가기는 했다. 물론 가는 길에 들리지 못할 정도로 먼 거리 또한 아니었다.

"정 소원이라면, 들어주도록 하마."

그 말에 이안이 쾌재를 불렀다.

생각보다 빨리 얻을 수 있을 것 같았다.

옛 상아탑의 터, 그곳 깊숙한 지하에 숨겨진 물건.

'용언서.'

전생에는 죽기 몇 년 전에야 찾아낸 고대의 서책.

시간 마법을 연구하는 데 핵심적인 역할을 해준 서책.

이안조차 제대로 완독할 수 없었던, 극히 일부분만 이해할 수 있었던 용의 언어. 바로 그 정수가 기록된 한 권의 책을.

'이번 생에는 얼마나 이해할 수 있을까?'

어쩔 수 없는 마법사 특유의 탐구심, 두근거림이 느껴지는
이안이었다.

그린리버의 하늘과 가장 가까운 높다란 탑.

마법의 중심이자 기록의 보고 상아탑. 지금 그곳에 한바탕
난리가 불었다.

소속된 모든 마법사가 마나 각인의 유무를 검사받았다.

아카데미의 학도들도, 상아탑의 마법사들도.

북부의 사건으로 인한 대대적인 검사였다.

"밝혀진 건 아무것도 없소. 각인의 의미조차 알 수 없는
상황 아니오? 하물며 복면을 썼다는 제삼자가 잡히지도 않
았소. 결국 그 아이의 증언이 전부라는 얘긴데."

탑주 허버트를 포함한 상아탑의 고위 마법사들.

그들 또한 긴급히 소집된 회의장에서 두 가지 안건을 논하
고 있었다.

"반면 그녀는 오랜 세월을 상아탑과 제국에 헌신해 온 마
법사요. 어떤 누명을 썼을지, 어떤 모함을 받았을지 모른다
는 일이오. 더군다나 그곳에는 황태자가 계시지 않소? 전하

께서 평소 상아탑을 어찌 생각하시더이까?"

가장 시급한 문제는 역시 세실리아였다.

상아탑에서 타국의, 또는 어떤 집단의 첩자로 의심되는 마법사가 나타났다. 그것도 무려 3클래스의 마법사란다. 자칫 상아탑 전체의 위신이 땅바닥에 떨어질지도 모르는 중차대한 문제.

"그러한 바, 직접 조사를 인계받기 전까지 상아탑은 그녀를 향한 모든 의심과 억측을 잠정적으로 보류하도록 하겠소. 이는 탑주로서의 명령이오."

상아탑이란 예로부터 그런 집단이었다.

철저히 안으로 감싸고 도는 집단.

마법사라는 자존심과 유대감으로 묶인 집단.

그들은 강하나, 극소수에 불과하다. 그렇기에 더더욱 하나로 뭉쳐야만 했다.

강한 힘에는 더럽고 추악한 견제가 따르는 법.

수많은 견제로부터 자유롭기 위한, 나아가 상대를 찍어 누르고 머리 위에 군림할 수 있는 수단. 그것이야말로 상아탑의 존재 의의였으니까.

"또한 이번 사건의 증인이자, 여러분도 익숙할 이름……."

일순간 마법사들의 눈이 번뜩였다.

그들에게도 이안의 이름은 흥미로움 그 자체.

"그 이안 페이지라는 소년을 어떻게 규정해야 하는가."

몇몇은 이미 흥미로움을 넘어섰을지도 모르겠다.

그만큼 이안이란 상아탑에서 아주 뜨거운 존재였다.

"지금까지 모든 정보를 규합했을 때, 당장 이 소년이 가진 마법적 역량은 최소한 2클래스 마스터. 어쩌면 그 이상에 버금갈지도 모른다는 판단이 내려졌소."

탑주의 말에 장내가 술렁거렸다.

그들도 들은 것이 있으니 예상은 하고 있었다.

다만 개인의 예상과 탑주의 공식적인 확언은 무게부터 달랐다.

단순히 클래스의 성취도를 문제 삼는 것이 아니다.

배우지도 못한 마법을 부린다는 사실 자체가 문제였다.

"해서, 상아탑은 보다 대대적인 조사단을 꾸릴 예정이오."

이안의 모든 것을 파헤치기 위한 조사단.

필연적으로 고위 마법사들의 힘이 필요할 터.

"정말 그 아이가 누구에게도 마법을 배운 바가 없는지, 지금껏 평범하게 자라온 소년이 맞는지, 어떤 환경에서 자랐는지, 부모는 어떤 자들인지. 상아탑의 힘을 총동원해서라도 빠짐없이 밝혀내겠소. 하니 여러분도 힘을 빌려주시길 바라오."

회의장 전체가 수긍한 듯 고개를 끄덕였다.

불미스러운 점이 있다면 밝혀내야 한다.

이미 세실리아라는 전례가 생기지 않았던가?

"다만 조사가 끝난 후에도 아무런 문제가 없다면, 즉 이안 페이지를 둘러싼 수많은 의혹들이 전부 걷어진다면……."

잠시 말문을 멈춘 탑주 허버트.

"그때는 인정을 해야겠지."

이안이라는 소년이 가진 비현실적인 재능.

가히 '최초의 마법사'와 비견되는 천재성.

모든 것에 대한 의심을 지워야 한다는 선언이었다.

"그래야 대책을 강구하지 않겠소? '최초의 마법사'에 버금가는 재능을 아군으로, 완벽한 상아탑의 소유물로 키워낼 대책 말이오."

탑주는 제국이 아닌, 상아탑만을 입에 담았다.

상아탑의 일원이 아닌, 소유물이라고도 표현했다. 이는 결코 말실수 따위가 아니었다.

"마냥 어르고 달래 무언가를 쥐어주는 것만이 능사는 아닐 터. 우리는 우리만의 방법을, 오직 상아탑만이 행할 수 있는 대책을 세울 것이외다."

회의에 참석한 마법사들이 고개를 끄덕였다.

다행스럽게도 이안의 나이가 아직 어리다. 힘을 가졌다 한들 성숙하지는 못할 터.

상아탑으로선 그 점이 가장 중요했다.

"충분히 길들일 수 있는 나이가 아니겠소?"

✳

뚜각 뚜각 뚜각 뚜각……

마차 밖 밤하늘이 참으로 맑았다.

말발굽에 맞춰 밤벌레 우는 소리도 들린다.

모그리안 영지와 작별을 고한지 22일째. 제법 괜찮은 기억이 고향에 남았다.

모그리안 영주성의 수많은 사람들. 선임 기사 에릭, 글 쓰는 병사 루카……

확실히 전생과는 달랐다.

'무엇보다.'

이안이 어머니를 바라봤다.

외지로 나오는 것은 이번이 처음일 터. 흥미로운 눈으로 마차 밖 풍경을 감상했다.

전생에는 없었던, 가장 값진 결과.

'새로운 사람들도 얻었고.'

옆으로는 연금술사 레디오. 그리고 그의 아들 더글라스가 보였다.

이미 죽었을 남자와 끝내 적이 되었을 아이.

그들은 커다란 마차에 몸을 실은 채로 황성으로 향하고 있었다.

덕분에 많이 가까워졌다.

'나쁘지 않네.'

이 평화가 얼마나 지속될 수 있을까?

알 수는 없으나, 한 가지는 확실하다. 평화란 스스로의 손으로 쟁취하는 것.

외압이든, 내부에서의 분열이든 통제할 수 있는 힘이 필요했다.

"어머! 내 정신 좀 봐."

상념에 빠졌던 이안을 끄집어내는 베네사의 목소리.

"어찌 그러십니까?"

이안이 물으려던 말을 레디오가 먼저 묻는다. 요즘 들어 어머니께 말을 자주 건다.

심지어 좀 친해진 것 같다.

'이 양반 봐라?'

생각해 보니 나이대도 비슷하다. 물론 레디오 쪽이 서넛 더 많겠다만.

너무 예민하게 반응하는 걸까.

"아가씨께서 편지를 주셨는데, 가는 길에 읽어보라고……"

보따리에서 편지 한 장을 꺼내 드는 베네사. 대영주의 딸 마가렛이 쓴 편지인 모양이다.

"글을 몰라서…… 이안, 좀 읽어주겠니?"

이안이 편지를 건네받으려는 그 순간.

"제가 읽어드리지요. 이래봬도 글줄은 좀 됩니다."

"그래주시겠어요?"

"하하, 어려운 일도 아니지 않습니까."

생기를 거의 완벽하게 되찾은 레디오. 성격뿐만 아니라 외모까지 제자리를 찾았다.

하얗게 세어버린 머리칼이 오히려 그럴싸한 얼굴.

하지만.

"자, 어디 보…… 응?"

마법으로 하여금 편지를 날려 버린 이안.

팔랑팔랑 날아올라 이안의 손 위에 떨어진다.

"바람에 날렸나 봅니다."

말도 안 되는 논리로 상황을 일축시킨다.

마법사가 그렇다는 데 어쩔 거야?

레디오가 자신을 어떻게 쳐다보든, 어머니가 자신을 어떻게 바라보든, 하물며 더글라스가 어떤 눈으로 보든.

이안은 신경 쓰지 않고 편지를 훑었다.

"흐음."

"왜? 무슨 내용인데?"

별 내용은 아니다. 나쁜 내용도 아니고, 몇 가지 거슬리는 부분이 있기는 한데.

어머니와 관련된 부분만 읽어드려야겠다.

"죄송하대요."

"죄송? 무슨 죄송?"

"부엌데기로 계실 때 사사건건 트집 잡은 거. 저랑 영주성에 들어갔을 때도 계속 무시한 거. 그 외에도 본인이 했던 잘못 전부 다."

정말이다. 참 구구절절하게도 서술해 놓았다.

이안은 대충 뭉뚱그려 얘기했지만, 언제 어떻게 무슨 소리를 했는지 세세하게도 적혀 있었다. 놀라운 기억력이다.

'의외의 재능이야.'

이안도 누군가와의 일을 이렇게까지 기억하지는 못할 것 같은데. 생각보다 기억력이 뛰어난 아가씨였다.

'그냥 못된 짓만 기억을 잘하거나.'

그쪽으로 생각해 보니 또 그게 맞는 것 같다.

어찌되었든 정신을 좀 차린 것 같으니 다행이다. 언제 또 만날지는 모르겠으나, 많이 달라져 있겠지.

지금의 모습과는, 또한 전생의 모습과는.

"죄송하실 것도 없는데, 그래서 다른 내용은?"

"끝이에요. 행복하게 잘살래요."

"정말? 그게 끝이야?"

"네."

왠지 의구심으로 가득한 베네사의 눈초리. 그때였다. 마차가 점점 느려지더니 멈춰 섰다.

목적지에 도착한 모양이다.

"이안 님."

마차를 호위하는 제국군이 이안을 불렀다.

"도착했습니다."

그 말에 모두들 마차 바깥으로 내렸다. 가장 먼저 보이는 것은 역시 상아탑.

저 멀리 구 상아탑과 그 터가 보인다. 울퉁불퉁한 돌로 투박하게 쌓아올린 돌탑.

정갈히 깎여 정성스럽게 쌓아진 황성의 상아탑과는 그야말로 정반대의 느낌이었다.

"이틀간 저쪽 노예 마을을 기점으로 머물 예정입니다. 그 사이 이안 님께서는 자유롭게 구 상아탑을 구경하시라는 황태자 전하의 하명이십니다."

'노예 마을'이라는 다소 노골적인 이름의 마을.

이안도 익히 알고 있는 마을이다. 처음 듣는 모험가들 입장에서는 '왜 마을 이름을 그따위로 지었나.' 싶겠지만, 저 이름 자체가 마을의 근본이요, 역사였다.

'상아탑의 노예들이 살았던 곳이니까.'

구 상아탑의 터가 마법사들로 가득하던 시절. 당시 상아탑의 잡일을 도맡았던 이들이 작은 마을을 이루었다. 상아탑이 옮겨간 이후로도 이 마을에 꾸준히 살았고, 지금은 그 후손들이 자유민으로서 명맥을 유지하고 있었다.

'그래도 좀 그렇긴 하지만.'

후손들이 택한 이름인 것을 어찌하랴. 함부로 왈가왈부할 문제가 아니었다.

"일행 분들께서는 이쪽으로. 거처하실 곳을 안내해 드리겠습니다."

마을에는 황태자와 촌장이 얘기를 나누고 있었다.

뭐가 그리 좋은지 웃음소리로 가득했다. 황태자 쪽의 웃음소리가 대부분이었지만, 간간히 촌장도 미소를 흘렸다.

"황태자님께서 이 누추한 마을을 찾아주시다니, 만대에 걸친 크나큰 축복이자 광명이옵니다."

"하하하! 뭐 그 정도씩이야. 그래, 살 만한가?"

"실은 올해 흉작이 드는 바람에⋯⋯."

요즘 부쩍 느끼는 거지만 상당히 독특하다.

저 얼간이 황태자 하이든 말이다.

'평범한 사람들한테는 그나마……'

귀족이나 마법사, 황자들이 아닌 평범한 이들.

예컨대 백성들에게는 그나마 좀 사람같이 군다.

물론 그것이 왕으로서의 자질이나 백성을 아끼는 성군의 마음, 뭐 그런 부류의 군왕적 미덕은 결코 아니었다.

단지 자기보다 못하다고 판단되는 자들.

자신에게 진심 어린 경외심을 보이는 자들.

말 한마디면 죽는 시늉이라도 할 만한 사람들.

그들한테는 전혀 느껴지지 않을 테니까.

'열등감이.'

물론 백성을 자신보다 못한 존재로 여기는 그 자체에서 이미 글러먹었지만, 그래도 감지덕지 아니겠는가?

'아무한테나 행패를 부리는 것보다야.'

아마 이안을 향한 태도가 수그러진 이유도 비슷한 까닭일 거다. 아직 상아탑의 일원도 아닌데다가 태생은 천출, 하다못해 유적지 구경 따위를 일생의 소원이라고 떠드는 아이. 몸소 그 소원까지 들어줬으니 지금쯤 얼마나 영광으로 여길까!

황태자의 눈에는 그리 비쳐지겠지.

'황족으로 태어난 게 죄라면 죄인가.'

황제가 유독 황태자를 감싸고도는 이유, 조금 알 것도 같았다.

'그나저나 상아탑은⋯⋯.'

지금부터 이틀이라는 시간이 생겼다. 그사이 상아탑 지하
에 다녀와야 한다.

몇 가지 장치가 있어 시간이 꽤 걸릴 터, 일정을 넉넉히 잡
고 가는 편이 옳다.

"저기, 대장님."

더글라스가 이안을 톡톡 치며 말했다.

괜히 대장이란 호칭을 허락한 것 같다.

설마 계속 그렇게 부를 줄은 이안도 몰랐다.

"상아탑은 언제 가실 거예요?"

"그건 왜?"

"저, 저도 구경해 보고 싶어서⋯⋯."

아무래도 지하는 새벽에 다녀와야겠다. 결심을 세운 이안
이 말문을 열었다.

"내일 시간 봐서 다녀오자."

"정말요? 같이요?"

"그래."

"우와! 감사합니다!"

마치 어른을 대하듯 깍듯한 태도.

마법사라는 위치가 적응이 된 모양이다.

하기야, 저번 생에도 깍듯하긴 했다.

"그리고 대장님, 이거……."

"응?"

이안에게 무언가를 건네는 더글라스. 붉은 액체가 담긴 작은 병이었다.

"이게 뭔데?"

"쉿! 제가 만든 상처 치료제예요."

"상처 치료제?"

연금술에서는 아주 기초적인 물약. 그렇다고 어린 꼬마가 만들 물건도 아니다.

"아빠가 다른 사람들 보여주면 안 된다고 했는데, 특별히 대장님한테만 드리는 거예요."

큰 비밀이라도 공유하는 양 조심스러운 녀석.

"고마워."

잽싸게 품속으로 숨기며 장단을 맞춰주는 이안이었다.

'재능은 재능인가.'

요 며칠 레디오의 도감을 보며 뚝딱뚝딱 거린다고 생각하긴 했다. 한데 설마하니 벌써부터 그 결과물을 선보일 줄이야. 과연 레디오가 숨길 만도 하다.

"이안 님과 일행 분들께선 이 집을 사용하시면 됩니다."

병사의 안내에 따라 도착한 오두막집.

전체적으로 썩 훌륭하다고는 말할 수 없다. 하나 이 마을에 한해서는 아주 괜찮은 거처였다.

"그럼 모쪼록 편히 쉬시길."

어두운 밤은 계속해서 깊어져 갔다. 그사이 병사들이 분주하게 움직였다.

마을을 중심으로 사방에 야영지가 세워졌다.

북으로는 제국군 병사들의 야영지가, 남으로는 제2 황실 기사단의 야영지가.

숙련된 병사들답게 그야말로 척하면 척.

'몰래 다녀오는 것도 일이겠군.'

그 광경에 이안이 혀를 끌끌 찼다. 당장 빠져나가는 것부터가 일이라니.

되도록이면 마나를 아껴야 할 텐데.

'천천히 가자. 천천히.'

밤공기를 얼마나 마셨을까.

불침번 서는 병사들조차 꾸벅꾸벅 거릴 새벽.

바야흐로 이안의 유적지 탐방이 시작되었다. 말이 좋아 탐방이지, 조금 위험할지도 모르겠다.

이안이 처음 용언서를 발견했을 때. 그땐 말 그대로 우연이었다.

낙향을 하는 도중, 여행을 겸했다.

지리를 익히거나 전쟁을 준비함이 아닌, 바람 따라 별 따라 걷는 순수한 여행.

옛 상아탑도 마찬가지였다.

'한 번쯤 와보고 싶긴 했으니까.'

이안은 당시 옛 상아탑의 지하에 숨겨진 포도주 저장고를 발견했었다. 냉기 주문이 걸린 저장고였는데, 그래서인지 조금 남아 있던 와인의 숙성 상태가 아주 괜찮았다.

'그냥 두기 아까울 정도로.'

발길이 뚝 끊긴 옛 상아탑.

사실상 폐허나 다름없는 곳.

가만히 썩기에는 와인의 수준이 아까웠다.

'옛 상아탑의 와인. 그럴싸하잖아?'

남아 있는 멀쩡한 와인 몇 병을 챙긴 뒤, 저장고에 걸린 냉기 주문도 끊어내고자 했었다. 족히 백 년은 수고했을 매개체 아니겠는가? 대량의 마나가 주입되어 있을 터. 일어날지 모르는 문제를 방지하기 위해서라도 제거하는 편이 옳았다.

'그러다 발견했지. 더 아래가 있다는 사실을.'

하나 냉기의 근원지는 저장고가 아니었다.

당연히 매개체도 저장고에 존재하지 않았다. 이는 훨씬 아래에서부터 올라오는 냉한 기운.

"여전하네."

전생에 비해 일찍 찾은 포도주 저장고.

당연한 얘기겠지만 기억 속 그대로였다.

차가운 공기, 마법으로 마감된 목재 술통들. 제법 널따란 공간이 술통으로 가득했다.

대부분 빈 술통이었다.

'하여간 술 엄청 좋아해. 누군지는 몰라도.'

이안이 가운데 위치한 대형 술통으로 다가갔다.

족히 열 명의 장성은 들어갈 크기. 바닥에 고정되어 꿈쩍도 하지 않는다.

통 통!

커다란 술통을 살짝 두드려 본 이안.

속이 비었음을 알리는 공허한 소리만 들렸다. 전생과 마찬가지로 크기만 클 뿐, 와인 한 방울 없는 텅텅 빈 술통이 확실했다.

콰앙!

더 이상 망설일 필요가 없었다.

마법으로 하여금 커다란 술통을 박살 냈다.

그러자 훤히 드러나는 술통의 내부.

정상적인 술통이 아니었다. 겉으로 보이는 모습만 술통일 뿐, 아래가 뻥 뚫려 상아탑 본래의 돌바닥이 보였으니까.

'입구를 참 현실적으로 숨겨났단 말이야.'

당시 이안은 고차원적인 입구가 존재할 거라 믿었다.

마법으로 감춰놨다거나, 마법을 발동시켜야만 문이 열린다거나, 저장고의 입구가 그랬던 것처럼 지극히 상아탑과 어울리는 입구를 찾아 헤맸다.

'현실은 술통 아래였지만.'

등잔 밑이 어둡다고 했던가.

어찌나 허탈했었는지.

지금 생각해도 한숨이 다 나온다.

드드드득!

이안이 술통 아래 돌바닥을 옆으로 강하게 밀었다.

부족한 근력은 마나를 통해 강화시켰다.

휘오오오오……!

강렬한 냉기와 함께 지하로 통하는 계단이 드러났다.

비좁은 탓에 몸을 구겨야만 내려갈 수 있는 통로. 물론 전생이 그랬다는 얘기다.

'지금은 아니지.'

작아진 이안의 몸뚱이로는 그럴 필요가 없다. 아마 과거로 돌아온 이후 처음인 것 같다.

어린 몸뚱이가 도움이 되는 상황은.

첨벙!

계단 아래 고인 물이 가장 먼저 이안을 반겼다.

앞이 보이지 않을 정도로 컴컴한 지하. 한 구의 라이트가
부족하게 느껴질 정도였다.

"라이트."

몇 구 더 만들고 나서야 방향을 잡을 수 있었다. 이미 지나
가본 길이라지만, 장님 신세로는 힘들다.

더군다나 조금만 들어가면 '그놈'이 나타난다.

'가고일.'

비좁은 통로를 나와 둥그런 방에 도착했다. 더 이상 나아
갈 길이 보이지 않는 큼직한 방.

그 가운데 석상이 하나 세워져 있었다.

전생에 저 가고일 형상의 석상을 봤을 때 정말이지 크게
놀랐던 이안이다.

진심으로 석상인 줄 알았으니까.

'상아탑 지하에 가고일이 있을 줄 누가 알았겠어?'

또한 중요한 사실을 깨달을 수 있었다. 아무리 마법사라도
가고일을 부리지는 못한다.

즉, 이 지하는 상아탑이 만든 게 아니다.

'포도주 저장고부터 이 가고일까지 전부.'

마법사들이 상아탑을 옮겨간 직후 누군가 만들었을 가능
성이 크다.

전생은 물론이거니와 지금도.

파슛! 파스스……!

가고일 석상이 돌가루를 흘리기 시작했다. 곧 쩍쩍 갈라지며 흉측한 몰골을 드러낼 터.

두 번은 놀라지 않는다.

"카아아아아악-!"

기괴한 울음소리와 함께 바위를 깨부수고 튀어나온 회색의 가고일. 놈이 침을 뚝뚝 흘리며 이안을 노려봤다. 오래간만의 먹잇감으로 낙점을 찍어버린 모양이다.

'눈이 보라색이었군.'

마치 자수정을 박아다 놓은 듯 영롱한 보랏빛 눈. 저 가고일의 눈이 연금 업계에는 그렇게 귀하다는 얘기를 얼핏 들은 바가 있다. 생김새만 놓고 보자면 사실인 것 같다.

'전생에는 제대로 보기 힘들었는데.'

그때는 놀란 마음에 과한 힘을 썼다.

지금으로선 감히 상상도 못할 마법을, 자연히 생김새를 감상할 여유가 없었다.

아작을 내다못해 가루로 만들어 버렸으니까.

'레디오한테 가져다주면 좋아하겠어.'

마침 이안에게도 연금술사가 한 명 있다. 괜찮은 엘릭서 한 병 뽑아주지 않겠는가.

"아쿠아 볼."

파이어 볼과 함께 가장 기초적인 원소 마법.

'아쿠아 볼' 여러 구가 이안의 주변에 나타났다. 가고일을 상대로는 영 못 미더운 마법이었다.

고작 해봐야 큼직한 물방울이 전부.

반면 놈의 가죽은 돌덩이 수준이 아니던가?

'화력이 전부는 아니거든.'

현재의 이안은 가고일을 단숨에 찢어발길 능력이 없다. 하프 엘릭서라도 마셨다면 모를까, 인즉 마법적 효율을 극대화시켜야 하는 상황.

"아쿠아 볼."

수많은 물방울이 가고일을 때렸다. 물론 직접적인 타격이 들어가지는 않았다.

그저 물에 젖기만 할 뿐.

"아쿠아……."

"카아아악!"

울부짖으며 달려드는 가고일.

이안의 물방울이 꽤나 거슬리는 모양이다. 그럼에도 계속해서 물방울을 쏘아댔다.

피하기가 무섭게 다시금 장전되는 아쿠아 볼.

"카륵, 카르륵……!"

미꾸라지처럼 이리저리 피하는 이안.

급기야 가고일이 날개를 퍼덕거렸다. 머리끝까지 화가 난 듯하다.

'피하는 건 끝인가.'

마법으로 민첩해진 몸은 한계가 명확하다.

날갯짓 섞인 돌진을 피하기란 불가능에 가깝다.

놈은 그 사실을 본능적으로 알고 있었다. 슬슬 두 번째 계획으로 넘어갈 시점이리라.

"카아아아아−!"

어쩐지 울부짖음에 확신이 느껴졌다.

이번에야말로 저 자그마한 인간 먹잇감. 이안을 잡을 수 있을 거라는 확신 말이다.

놈의 날갯짓 섞인 쇄도가 시작되었다.

지금까지와는 차원이 다른 속도.

그렇다면 이쪽은.

"아이스 월."

얼음의 장벽이 순식간에 솟아올랐다. 냉한 공기 덕에 생성 속도가 곱절은 빨랐다.

가고일의 돌진을 가로막는 용도일까?

아니, 그러한 용도는 결단코 아니었다.

이안의 앞이 아닌, 발아래로부터 솟아났으니까.

쾅!

놈의 몸뚱이가 보기 좋게 얼음 장벽을 때렸다. 상반신이 장벽을 꿰뚫을 정도로 강한 쇄도력.

바꿔 말하자면, 그대로 얼음에 끼어버린 거다.

당분간 움직이지 못할 정도로.

"벽 뒤에 있었으면 죽을 뻔했네."

얼음 장벽 위에 서 있던 이안.

그가 바닥으로 사뿐히 내려왔다. 가고일의 뒤꽁무니만 보이는 상황.

만족한 듯 양손에 마나를 집중시켰다.

파직! 파지직! 파지지직!

이안의 양손에서 춤을 추기 시작한 번개.

흠뻑 적셔 놓은 값은 해야 하지 않겠는가?

"라이트닝."

백색의 강렬한 번개 줄기가 가고일을 덮쳤다.

아니, 가고일을 포함한 얼음 장벽 전체를 덮쳤다.

놈의 단단한 가죽 뒤 꼭꼭 숨겨진 속살. 그 속살까지 태우기에 번개만큼 좋은 수도 없으리라.

"캬아아아악!"

한동안 울려 퍼지는 가고일의 비명.

그 찢어지는 소리가 점차 작아질 무렵 놈의 생기를 잃은 몸뚱이도 축 쳐져 버렸다.

"휴우."

근방에 만연하는 가고일의 살타는 냄새.

썩 맡기 좋은 냄새는 아니었다.

계속 있다간 구역질이 날 것 같다.

'슬슬 열릴 때가 됐는데.'

이안의 기억으로는 그랬다. 가고일을 처치하니 통로가 열렸다.

정확히는 가고일이 석화되어 있던 중앙.

그 단상 아래에 커다란 구멍이 생겼다. 다른 점이 없다면, 이번에도 마찬가지 아닐까.

쿠웅! 쿠웅! 쿠구구구……!

역시 예상대로였다.

모습을 드러내기 시작한 중앙의 홀.

육중한 무게를 뽐내듯 굉음을 토한다.

이제 거의 다 왔다. 저 구멍으로 내려가면 된다.

단지, 그 전에 해둘 작업이 하나 있다.

'여기서부터가 중요하지.'

마음을 정한 이안이 가고일의 시체. 그 다리를 잡아 통로 쪽으로 질질 끌고 갔다.

덩치가 덩치이니만큼 상당히 무겁다.

마나의 도움이 컸다.

"아, 일단 눈부터."

막상 뽑으려니 내키지가 않는다. 그래도 어쩌겠는가. 귀한 재료라 들었는데.

두 눈 딱 감고 보랏빛 안구를 끄집어냈다.

단단한 것이 자수정이나 다를 바 없었다.

"좀 낫군."

촉감이 단단해서 천만다행이다.

물컹거렸다면 진심으로 싫었겠지.

볼일을 끝낸 이안이 가고일 시체를 마저 옮겼다. 그러고는 중앙의 홀 아래로 가차 없이 밀어버렸다.

깊숙한 만큼 꽤 오랫동안 떨어진다.

얼마나 기다렸을까.

쾅! 콰아앙! 콰쾅!

구멍 아래로부터 들려오는 폭발음.

그것은 단지 시작에 불과했다. 폭발 외에도 수많은 소리가 들려왔으니까.

번개가 치는 소리, 얼음이 얼어붙는 소리 등.

하나같이 강력한 마법을 떠올리게끔 만든다.

'무식하게도 깔아놨네.'

저 소리의 정체는 '마나 트랩'.

전생에는 저 마나 트랩을 이안이 직접 맞이했다. 당시야 최상위 방어 마법을 사용했으니 별문제 없었다지만, 지금의 수준으로는 힘들 거다. 그래서였다.

'끝인가.'

소란스러웠던 통로 아래가 잠잠해졌다.

아직 트랩이 남아 있을지도 모르나, 그 정도는 쉽게 막을 수 있으리라.

"패더 폴."

드디어 코앞까지 다가온 용언서.

그리고 몇 가지 '실용적인' 물건들, 모두 저 아래에 고이 모셔져 있을 터.

저속 낙하 주문과 함께 몸을 던지는 이안이었다.

가고일의 시체가 이안의 발에 닿았다.

곤죽이 되어버려 질퍽거리는 감촉. 이젠 시체라 부르기도 민망할 정도다.

'일단 트랩은 다 빠진 것 같은데.'

그렇다고 마냥 서 있을 수는 없다.

마나 트랩이란 일회용 함정이 아니니까. 마나가 충전되는 즉시 다시금 기능을 회복한다.

즉 매개체를 제거해야 완전히 멈춘다는 얘기다.

포도주 저장고의 냉기 마법과 같은 맥락.

그 매개체가 이안의 목적이기도 했다.

"생각보다 빨리 만났구나."

이안이 지하 최하층에 마련된 황금빛 단상으로 다가갔다.

그 위에 가지런히 놓인 단 한 권의 서책. 아주 오래되었음에도 먼지 한 톨 묻지 않은.

보석으로 장식된 표지가 매우 인상적인 책이었다.

"용언서."

이 용언서가 바로 구 상아탑 지하를 움직이는 매개체였다.

서책 자체에 마나의 저장 기능이 내재된 거다.

"이 쪽지도 여전하네."

그러한 용언서 위에 놓인 쪽지 한 장.

뭔가 대단한 내용이 적혀 있을 것 같지만.

-인간이 탐할 물건이 아니다.

이 쪽지를 읽을 네놈은 더더욱 아니겠지.

다소 장난스러운 두 줄이 전부인 쪽지였다.

첫 줄은 아주 틀린 말도 아니긴 하다.

어지간해선 서문조차 이해하지 못할 테니까. 물론 두 번째 줄은 인정불가다.

'누가 썼을까?'

마법사들이 모두 빠져나간 옛 상아탑.

이곳을 제집처럼 사용했을 누군가. 아마 포도주 저장고도 이자의 작품일 터.

'역시 드래곤?'

드래곤이 인간의 언어로 쪽지를 남겨? 그것도 저리 도발하듯 장난스럽게?

전생에 봤을 때도 고민했던 생각들.

결론부터 말하자면, 답은 없었다.

단지.

화르륵!

손에 닿는 순간 스스로 불타 버린다는 것.

평범한 쪽지조차 주문이 걸려 있다. 모르긴 몰라도 이 용언서를 감춘 장본인이 아주 뛰어난 마법사임은 분명하다.

'괴짜인데다가.'

재 가루 묻은 손을 툭툭 턴 이안이 황금빛 단상으로부터 용언서를 집어 들었다. 단상을 통해 지하의 곳곳으로 전해지는 마나, 특히 저 마나 트랩을 향한 공급을 완전히 끊어내야

했다. 꾸물거렸다간 마나 트랩이 또다시 발동할 터. 그땐 뼈도 못 추린다.

지이이잉……!

단상으로 흘러들어 가는 마나가 차단되는 소리. 이제 마나 트랩도, 저장고의 냉기도 끊어지리라.

'이번 생에는.'

한결 여유를 되찾은 이안이 용언서를 바라봤다.

언제 봐도 신비롭기 짝이 없는 물건. 이 땅에 드래곤이 존재했다는 명백한 증거.

이안을 과거로 돌려보낸 결정적인 힘.

'접근 방법을 좀 다르게…….'

그리 생각하며 용언서를 펼치는 이안이었다.

책을 자주 잡아본 손이 행한 무의식적인 행동. 한데 기이한 일이 벌어졌다.

아니, 기이한 일이 벌어져 있었다.

"……어?"

좀처럼 용언서로부터 눈을 떼지 못하는 이안.

그럴 수밖에 없다. 전생과는 달랐으니까.

'공백이……?'

본래 장마다 빼곡하게 차 있어야 할 용의 문자.

그 사이사이에 수많은 공백이 존재했다. 몇몇 특정한 문자가 전부 사라져 버린 것처럼.

'어떻게 된 거지?'

이안이 다시 한 번 용언서를 꼼꼼하게 훑었다.

도대체 어떤 글자들이 모습을 감춘 걸까?

'설마.'

계속해서 살펴본 끝에 한 가지 결론을 내릴 수 있었다. 이런 일이 발생한 까닭은 차치하더라도, 사라진 글자의 공통점만큼은 확실하게 보였으니까.

'황금용 일족의 언어.'

황금용 일족.

황금빛 가죽과 비늘을 가진 드래곤들.

오랜 풍문에 따르면 그들이 시공간을 책임지는 용의 일족이라 알려져 있다. 물론 그 풍문은 사실이었다. 이안이 그들의 언어로 회귀를 경험하며 증명하지 않았던가?

'황금용 일족의 언어만 사라졌다.'

이안이 연구했던, 시간 마법을 가능케 만들었던 황금용 일족의 언어. 바로 그들의 언어가 용언서에서 자취를 감춘 것이다. 단 한 글자도 남김없이.

'어째서?'

가능한 일이냐는 물음은 차치해 두기로 했다.

용의 언어, 시간의 회귀 자체가 비현실적일 일. 가능과 불가능을 따지기에는 너무 멀리 왔다.

다만 특정 언어들이 사라진 이유는 알아내야 한다.

앞으로의 용언 연구에 핵심적인 자료가 될 터.

'이미 사용을 했기 때문에?'

지금으로선 가장 가능성이 높은 추론이다. 이안은 이미 황금용의 언어로 시간을 되돌렸다.

이게 무엇을 뜻하겠는가? 높은 수준의 마나만 되찾는다면 언제든 시간을 쥐락펴락할 수 있다는 얘기다. 분명 기대감이 있었다.

'그걸 불가능하게 만들기 위해서라면······.'

잠시 생각을 멈춘 이안.

그가 책을 덮고 마나를 끌어 모았다.

황금용의 언어를 읊어보기 위해서였다.

지금의 수준으로는 몇 글자 내뱉기 힘들겠지만, 딱 한 글자라도 뱉어내는 것이 핵심이었다.

[······!]

역시, 상황은 예상대로 흘러갔다.

용언서에서 사라진 황금용의 언어.

그 언어를 단 한마디조차 뱉을 수 없었다. 용언이란 단지 육성으로 토하는 소리가 아니다.

마법을 통해 전하는, 그야말로 마나에 뿌리를 둔 언어다.

'사라진 용언은 다시 쓸 수 없다.'

지금 당장 내릴 수 있는 결론은 하나였다. 한 번 사용된 용언이 사라진다는 것은 즉, 일회용일 가능성이 높다는 것이다.

황금용 일족의 용언뿐만 아니라, 이 용언서에 기록된 모든 용언이.

'계속 되돌릴 수 있지 않을까 싶었는데.'

감히 예상조차 못했던 사태.

믿는 구석 하나가 송두리째 사라져 버렸다.

이 사실을 몰랐다면 어찌할 뻔했는가? 두 번째 삶, 그 무게가 더욱 무거워졌다.

"흐음."

더 고민을 해봐야 나올 건 없었다. 일단 챙길 것부터 챙겨서 나가야겠지.

이후의 문제는 차차 생각하면 된다.

마음을 정한 이안이 단상 아래부터 살폈다. 전생과 같다면, 이쯤 어딘가 보관함이 있을 거다.

유용하게 쓰일 가치가 담긴 보관함이…….

'있다.'

이윽고 손에 닿은 보관함의 손잡이. 그 손잡이를 있는 힘껏 끌어당겼다.

드르륵!

마치 서랍이 열리듯 뽑혀 나오는 커다란 보관함.

그 안에 보관된 물건은 다름 아닌 고가의 '금은보화'들. 이
안이 재물에 연연하지 않았던, 연연할 필요가 없었던 이유가
바로 이 보관함 안에 모두 담겨 있었다.

'챙겨둬서 나쁠 건 없으니까.'

앞으로의 계획에 재물 쓸 일이 자주 있을 터.

필요할 때마다 부담 없이 사용할 수 있는 자금을 미리 확
보해두는 편이 옳았다. 지원을 요구하는 방법도 있겠으나,
이왕이면 누구의 눈치도 볼 필요 없는 자금이 필요했다.

'일단 값나가는 것부터.'

마음 같아서는 몽땅 챙겨가고 싶다. 하나 지금의 여건상
당장은 힘들었다.

준비해온 자루는 하나, 그마저도 크지 않다.

아쉽지만 다음을 기약하는 수밖에.

'내가 무슨 도굴꾼도 아니고.'

이러고 있자니 꼭 도굴꾼이 된 기분이었다. 하기야, 틀린
표현도 아니리라.

아무도 모르게 유적지를 찾아왔다. 비밀리에 만들어진 지
하 통로까지 찾았다. 그 아래 숨겨진 유물과 보석들을 챙

긴다.

챙기지 못한 보물을 어찌할까 고민한다.

이게 도굴꾼이 아니고 또 뭐란 말인가?

'근데 왜 이렇게…….'

어느덧 자루에 최고급 보석이 가득 찼다. 목표였던 용언서도 챙겼고, 가고일의 눈도 챙겼다.

'든든하지?'

정체 모를 든든함이 이안을 보듬었다. 사라진 용언의 충격조차 망각될 정도로.

참으로 묘한 기분.

꼭 성공한 도굴꾼의 기분이었다.

'한탕 제대로 친다'라는 표현을 이럴 때 쓰는 걸까?

"……일단 나가자."

보석으로 가득한 자루를 등에 짊어진 이안. 한시라도 빨리 빠져나갈 필요성을 느꼈다.

이 석연찮은 만족감을 떨쳐내기 위해서라도.

7장
가장 확실한 투자

"새벽부터 어딜 그리 다녀오십니까?"

아직 일어나기에는 이른 아침의 오두막집. 자루를 짊어지고 나타난 이안을 레디오가 반겼다.

밤잠이 심하게 짧은 양반이다.

"일어나 계셨네요."

"짧게 자는 게 습관이 되어서 말입니다. 하하."

멋쩍게 웃어 보이는 레디오.

그가 이안이 내려놓은 자루에 관심을 보였다.

"그 자루는……?"

"아, 마침 드릴 게 있는데."

레디오의 물음에 자루를 뒤적거리는 이안. 곧 보랏빛 덩어리를 꺼내 탁자 위에 올렸다.

언뜻 자수정을 연상케 만드는 두 개의 물건.

"이게 무엇입니까?"

"가고일의 눈."

"헙!"

순간 헛바람을 삼키는 레디오였다.

가고일의 눈. 실제로 본 적은 없으나 그 가치는 누구보다 잘 알고 있다. 연금술사로서 당연한 일이다. 연금술사들에게 가고일의 눈이란 아티팩트에 가까운 재료니까.

"저, 정말로 이게……?"

"직접 뽑아왔으니 가짜는 아닐 겁니다."

"지, 직접 말씀이십니까?"

가고일을 때려잡기라도 했다는 건가? 대체 어디서?

애당초 흔한 몬스터였다면 그 눈이 귀하지도 않았을 거다.

'그런 놈을 어디서?'

슬쩍 나갔다 오더니 가고일의 눈을 던져준다.

이 소년 마법사, 도대체 정체가 뭘까? 예전부터 느끼는 거지만 이질감이 강하다.

"혹시 엘릭서 재료로 쓸 수도 있는 겁니까? 제가 자세한 쓰임새까진 몰라서."

"자, 자, 잠시만."

레디오가 황급히 가문의 도감을 꺼냈다.

신주단지 모시듯 보관함에 담긴 도감.

"……그냥 생으로 삼켜도 어지간한 엘릭서 급은 된다는군요. 마나 하트를 가진 사람이 복용할 경우, 마나의 농도 자체를 짙게 만들어준다고 합니다."

듣던 중 반가운 소리였다.

마나의 최대치, 즉 마나통도 중요하지만 마나의 농도 또한 필수적인 요소다. 똑같은 마법을 펼치더라도 짙은 마나를 가진 마법사의 마법이 더욱 강력한 법.

'그래도 생으로 삼키는 건 좀.'

한입에 삼키기는 크기가 너무 크다.

하물며 보석 수준으로 딱딱하기까지. 몬스터의 눈이었다는 거부감도 한몫한다.

다른 방법을 원하는 이안이었다.

"가고일의 눈이 쓰이는 조제법도 꽤 됩니다. 보자, 그중에 최상품으로 쳐주는 엘릭서가……."

다행이다. 약으로 만들 방법도 있단다. 탁자에 놓인 물그릇을 들이켜는 이안.

조금은 설레는 감정이 느껴졌다.

'최상품 엘릭서라.'

전생에는 엘릭서의 힘을 빌려본 바가 적다.

몇 번 마셔보긴 했으나, 그마저도 높은 경지를 이루고 난 후의 일. 마시는 족족 흡수할 수 있었던 나이에는 기껏해야 아카데미에서 지원받은 기본 엘릭서뿐이었다.

"아, 여기 보이네요."

이윽고 가고일의 눈이 사용되는 엘릭서.

그중 최상품 조제법을 찾아낸 레디오.

그가 이안을 향해 도감을 들이밀며 말했다.

"붉은 용의 다섯 숨결?"

"이름이 좀 거창하긴 하죠?"

엘릭서의 이름이 바로 '붉은 용의 다섯 숨결'이었다.

확실히 거창한 이름이긴 하다.

"이름 따라가는 건지, 재료도 무지막지합니다. 여기 재료들 좀 보십시오. 이게 만들라고 적어놓은 제조법이 맞는가 싶습니다만……."

레디오가 가리킨 조제법의 재료부분, 그야말로 어마어마한 재료의 집합소였다.

연금술에 무지한 이안조차 알 만한 재료들.

가고일의 눈, 만드라고라의 뿌리, 암브로시아의 잎, 오우거의 피. 이안이 소문으로 접해본 재료들은 대충 이 정도였다. 이외에도 처음 들어보는 재료들이 난무했다.

"최상품이라 보여 드리긴 하는데, 좀 힘들 것 같습니다.

정확한 계량치가 없죠? 기록하신 제 선조 분들께서도 실패했다는 뜻입니다. 아마 제 실력으로는……."

레디오는 스스로의 한계를 누구보다 잘 알았다.

재료가 준비되었다 해도 자신이 없었다. 이런 무지막지한 엘릭서를 만들 자신이.

아까운 재료들이나 날려먹지 않으면 다행이리라.

'구하지 못할 것도 없다.'

반면 이안은 생각했다.

저 재료들은 어떻게든 구할 수 있을 것 같았다.

시간이야 오래 걸리겠다만, 어차피 이런 아티팩트급의 엘릭서를 만들기 위해서는 더글라스가 가진 재능이 필수다. 그 재능이 본격적으로 만개할 때까지, 그때까지라면 충분하지 않겠는가?

"재료는 구해드리죠."

"예? 하, 하지만 말씀드렸다시피……."

"바로 구한다는 얘기가 아닙니다. 시간이 걸리겠죠. 그때까지는 이론부터 연구를 해보세요. 연구야말로 거래의 조건 아니었습니까?"

그렇다. 레디오는 이안과 그런 계약을 맺었다.

이안은 레디오의 생존과 차후 완쾌의 가능성을.

레디오는 이안을 위한 엘릭서를 연구하는 것.

"제 실력으로는 생각보다 오래 걸릴 수도 있습니다. 아니, 아예 불가능할 가능성이 훨씬 더 큽니다. 재고해 주심이⋯⋯."

"몇 년이 걸리든 상관하지 않겠습니다. 재촉도 없고요."

"으음⋯⋯."

그럼에도 영 자신이 없어 보이는 레디오.

어떤 동기가 필요한 순간이었다.

"더글라스도."

이안이 넌지시 그 이름을 꺼냈다.

레디오의 가장 소중한 존재. 더글라스.

"연금술에 관심이 많아 보이더군요."

"⋯⋯요즘 들어 유독 그런 것 같긴 합니다."

"특별한 이유가 있겠죠."

굳이 말하지 않아도 알고 있었다.

요즘 녀석이 연금술에 관심을 가진 이유는 다 아비를 살리고 싶어서가 아니겠는가.

란데오르의 꽃을 재료로 쓰게 되는 그날.

자신이 직접 약을 조제하기 위해서.

"대대로 연금술을 업으로 삼은 집안이라 들었습니다."

"⋯⋯."

"더글라스도 그 피를 이어 받았을 텐데."

"아직 어린아이⋯⋯."

"녀석이 만든 치료제, 저도 봤습니다."

"……!"

이안의 말에 흠칫 놀라는 레디오.

그렇지 않아도 놀라움을 느끼는 중이었다. 요 며칠 도감을 뒤적거리는가 싶더니, 어느 순간 기초적인 상처 치료제를 만들어내는 게 아닌가? 더글라스가 말이다.

'제대로 된 계량도 없이 만들어낼 줄은…….'

아무리 기초적인 물약이라도 정확한 계량이 필요하다.

재료의 계량이 어긋날 경우 약은 효능을 잃는다. 한데 더글라스는 그 계량을 감으로 잡아냈다.

레디오의 상식으로는 불가능에 가까운 일.

"제가 알기로 연금술사라는 직업, 대우가 상당히 좋은 것으로 압니다. 황성에 따로 교육하는 기관도 있다죠?"

확실히 실력 있는 연금술사는 그 대우가 좋다.

연금술사를 키워내는 황실 기관이 존재할 정도로.

재능이 있다면 충분히 키워줄 가치가 있었다.

출셋길이 열리는 거나 마찬가지 아니겠는가? 레디오도 마나 중독에 걸리기 전까지는 제법 괜찮은 생활을 영위했을 터.

"이 정도면."

그리 말하며 자루를 뒤적거리는 이안.

이번에는 여러 개의 최고급 다이아몬드를 꺼냈다.

"앞으로 돈 문제는 없을 겁니다. 더글라스를 교육하는 데 들어갈 모든 비용. 그마저도 많이 남겠죠."

"가, 갑자기 이게 다⋯⋯."

갑작스런 보석 세례.

그것도 하나같이 초고가의 보석들.

당황하지 않을 수가 없는 레디오였다.

"투자를 해볼까 합니다."

"투자라 하시면⋯⋯."

"앞으로 진행될 레디오 씨의 모든 연구, 그리고."

이안이 오두막집의 안쪽을 바라봤다. 세상모르고 잠든 더글라스가 보인다.

"더글라스의 재능까지."

이안의 말에 레디오가 두 눈을 감았다.

아주 깊은 생각에 잠긴 듯 한동안 말이 없었다. 아들의 미래다. 생각할 시간이 필요하겠지.

"⋯⋯그 치료제, 저도 놀랍긴 했습니다."

기나긴 침묵을 깨는 레디오였다.

"아들 녀석이 대단한 재능을 가졌다 싶기도 했죠. 근데 말입니다 그거, 기초 중에도 기초격인 물약입니다. 복잡한 계량이 필요한 것도 아니고요. 알고 계셨습니까?"

"압니다."

"그럼 더 잘 아시겠네요. 그깟 치료제 하나 감으로 만들었다고 대단한 연금술사 되는 거, 그것도 절대 아니거든요?"

"압니다."

"그걸 아시는 분이 지금 재능을 사니마니 하시는 겁니까?"

"투자란 원래 그런 거니까요."

"허어……!"

답답한 마음에 한숨을 토하는 레디오였다. 물론 구미가 당기는 제안이긴 했다.

목숨을 연명 받는 것도 모자라, 더글라스를 향한 전폭적인 지원을 해준단다. 넙죽 받아먹어도 모자랄 판이다. 하나.

'이건 더글라스의 미래야. 신중해야 해.'

자칫 아들의 인생까지 저당을 잡힐지도 모르는 일.

마법사에게 저당 잡힌 인생은 본인 하나로 족하다. 마법사란 결코 믿지 못할 족속들이다.

끝내 원하는 엘릭서를 얻지 못한다면?

자신은 물론, 더글라스조차 만들 수 없다면?

그땐 돌변할지도 모른다.

아무리 이안이라 해도.

'하지만……'

그럼에도 자꾸만 마음이 동했다.

이안이 제시한 조건, 저 보석들을 처분한다면 능히 평민에게 허락된 모든 교육과 혜택을 누릴 수 있다. 뿐이랴? 전체적인 삶의 질도 크게 상승할 터.

'그편이 더글라스에게도 좋지 않을까?'

인생의 어느 순간보다 치열한 저울질. 그만큼 레디오에게 더글라스는 소중했다.

세상 어느 부모가 그러하지 않겠냐만.

"아무리 봐도, 이안 님은 어린아이가 아니십니다."

고개를 절레절레 흔들며 중얼대는 레디오.

해가 완전히 뜨고 나서야 결정을 내렸다.

"대체 뭘 숨기고 계신 건지는 모르겠습니다만…… 에이!"

냉큼 보석부터 챙긴 그가 한결 편해진 어조로 말문을 이어 갔다.

"나중에 딴말하시기 없습니다! 제가 실패하더라도, 만에 하나 더글라스가 대성하지 못하더라도! 물론 제 아들은 크게 대성할 겁니다. 하긴 할 건데. 아무튼……."

역시 평온함을 되찾으면 말부터 길어지는 양반이었다.

8장
입성, 그린리버디움

수도에 도착하기가 열흘 남짓 남았을 때쯤.

병사들은 조금씩 노곤함을 느끼기 시작했다.

풀린 긴장 밖으로 쌓인 피로가 흘러나왔다. 콧대 높은 기사들도 사정은 마찬가지였다.

곧 도착할 거라는 안도감 때문일까?

"지금부터가 중요하다."

그러한 분위기를 단칼에 휘어잡는 단장 올리버.

"우리는 타국의 첩자로 의심되는 인물을 후송 중이다. 만약 그녀가 첩자임이 확실하다면, 그 배후의 세력은 지금을 노리고 있을 것이다. 어쩌면 구출 작전을 계획하고 있을지도 모르겠군."

올리버의 말은 사실이었다.

이안 역시 그렇게 생각하고 있었으니까. 지금까지는 접근이 쉽지 않았을 거다.

3클래스의 마법사 둘이 마나 감옥을 유지했으며, 단장 올리버 또한 마나 감옥을 철통 같이 지켰다. 물론 그 주변에 포진된 수많은 병사와 기사들은 말할 필요도 없으리라.

"그 과정에서 누군가의 머리가 발아래 떨어져 나뒹군다? 아마 그 머리는 집과 가족들 생각으로 가득한 우리의 것이겠지."

순간 목덜미가 서늘해짐을 느끼는 병사들.

다른 사람도 아닌 단장 올리버의 말이었다.

감히 그 누구도 허투루 듣지 않았다.

마법사의 목전에 칼을 뽑는 위인이 아니던가?

"떨어진 목은 추하다. 핏물이 빠져 창백해짐은 물론 혀가 길게 빠지고 눈은 돌아가지. 그 흉측한 몰골을 가족들에게 보여주기 싫다면, 행군이 종료되는 순간까지 긴장을 풀지 마라."

창대 잡은 병사들의 손아귀에 힘이 들어갔다.

누구도 자신의 추해진 목을 가족에게 보내고 싶지는 않을 터.

"명 받듭니다!"

몇 마디 말로 느슨해진 긴장을 바로 세우는 남자.

이안은 그런 올리버의 모습을 감명 깊게 지켜봤다.

'역시 적으로 둘 사람은 아니야.'

이번 생에는 다른 선택을 할 수 있을까?

이안도, 그리고 저기 보이는 올리버도.

'나도 긴장 좀 해야겠군.'

이안으로서도 세실리아가 다른 콜드워커와 접촉하거나, 혹은 구출되는 상황이 썩 달갑지만은 않았다.

'귀찮아질 테니까. 여러모로.'

이안은 콜드워커의 존재를 안다.

그 사실을 아는 자는 오직 세실리아뿐. 한데 다른 콜드워커와 접촉을 한다?

혹은 아예 구출이 되어버린다?

'분명 내 얘기부터 하겠지.'

그때부터 콜드우드 제국의 견제가 시작될 거다.

국가적 기밀을 아는 타국 소년의 등장, 결코 가만히 넘길 수 있는 사안이 아닐 터.

'당분간 걸어야겠어.'

정확히는 마나 감옥 근처를 지켜야겠다.

세실리아가 갇힌 저 마나 감옥 근처를.

그리 마음을 정한 이안이 마차 밖으로 나왔다.

"이안 님, 어찌 나오셨습니까?"

"그냥 좀 걷고 싶어서요."

그간 이안과 안면을 쌓은 병사의 물음이었지만 굳이 설명할 필요는 없었다.

두 발로 걸음에 무슨 이유가 필요할까.

지축을 흔드는 말과 병사들의 발소리. 긴장으로 재무장된 행군은 계속되었다.

하루를 넘어 이틀, 닷새, 일주일.

그리고 대망의 열흘째 되는 날.

"드디어……."

마침내 기나긴 행군의 끝이 보였다.

그린리버 제국의 수도 '그린리버디움'. 그 웅장한 성벽이 육안으로 들어왔으니까.

집과 가족이 그리운 병사와 기사들도. 오랜만에 고향 땅을 밟는 더글라스도. 생전 처음 수도를 방문하는 베네사도.

모두가 한곳을, 저 성벽을 바라보고 있었다.

이제 정말 지척이다.

"황태자 전하! 납시오!"

선두에 선 병사들이 커다란 깃발을 흔들며 황태자의 귀환을 알렸다. 각각 제국과 황실, 그리고 기사단의 문양이 새겨진 깃발이었다.

지난 열흘, 그야말로 한 치의 빈틈조차 허용하지 않았던 완벽한 행군. 그들이 지금 수도 그린리버디움에 도착했다.

"황태자 전하! 납시오!"

제국의 심장을 품은 거대한 성벽.

그에 걸맞은 거대한 성문이 활짝 열렸다.

황태자의 무사 귀환을 반기는 나팔 소리와 함께.

"황태자 전하! 납시오!"

이윽고 성문을 완전히 넘은 황태자의 행렬. 곧 그린리버 최대의 도시가 눈앞에 펼쳐졌다.

모그리안 영지와는 감히 비교조차 할 수 없는.

가히 제국 문명의 집대성이나 다름없을 대도시.

"황태자! 저언하아! 나아압시오오!"

이젠 거의 울부짖음에 가까운 병사들의 목청. 거리의 수많은 백성들이 좌우로 갈라졌다.

모두가 넙죽 엎드려 황태자를 향한 예를 올렸다.

이 순간만큼은 거리의 거지도, 돈 많은 배불뚝이 상인도, 마실 나온 귀족가의 아낙도, 그 누구도 허리를 세울 수 없는 평등의 시간.

"황태자 전하! 납…… 엉?"

계속해서 황태자의 귀환을 알리던 병사.

그가 무언가를 발견한 듯 목소리를 낮췄다.

"멈추시오!"

마나를 입혀 한껏 증폭된 목소리.

정면으로부터 다가오는 어떤 무리의 소리였다.

새하얀 로브를 입은 스무 명 남짓의 사람들. 차림새만 봐
도 알아챌 수 있었다.

저들이 상아탑에서 나온 마법사란 사실을.

"무슨 권리로 전하의 앞길을 막는 거요?"

곧장 앞으로 나와 마법사들의 접근을 막는 기사단. 단연
중심에는 올리버 레이우드가 있었다.

"황명이외다."

그 한마디와 함께 백발의 마법사가 무리를 가르고 나왔다.
장식 하나 없는 단출한 로브 차림의 노인이었는데, 특이하게
도 제 몸뚱이보다 훨씬 기다란 지팡이를 쥐고 있었다.

"탑주……?"

단장의 중얼거림에 모두가 흠칫 놀랐다.

기다란 지팡이를 들고 나타난 마법사의 정체. 이 제국에서
황족 다음으로 가장 높은 자.

상아탑의 탑주, 5클래스의 대마법사.

'허버트 레온'이었다.

"오랜만에 뵙소. 단장."

"탑주께서 어찌…… 그보다 황명이라니요?"

"폐하의 칙서를 받아 왔소."

탑주 허버트가 황명이 담긴 칙서를 펼쳤다.

이안이 받았던 마나칙서가 아닌, 친필로 적힌 진짜배기 칙서였다.

"황태자 하이든 그린리버는 지엄한 황명을 받들라."

황명이라는 알림과 동시에 전원이 한쪽 무릎을 꿇었다. 칙서 자체가 곧 황제의 의지이며 목소리.

황태자가 하대를 받는 것은 지극히 당연한 일이다.

"첩자의 정황이 의심되는 마법사 세실리아의 조사 및 감시 등, 일련의 모든 권한과 책임을 지금 이 순간부터 상아탑에 위임하노니, 세실리아의 조속한 인계를 명하는 바이다."

한마디로 세실리아를 상아탑에 넘기라는 뜻.

단장 올리버의 얼굴이 묘하게 일그러졌다.

그는 아직 제대로 된 신문조차 하지 못한 상태였다. 본격적인 신문은 바로 이곳, 그린리버디움의 기사단 본부에서 시작하고자 했었으니까.

"……많이 급하셨나 봅니다."

"불순한 일은 하루 빨리 처리해야 하지 않겠소?"

단장의 뼈 있는 말에 가벼이 응수하는 탑주.

오히려 여유로운 미소와 함께 단장의 어깨를 다독였다.

"단장께서는 돌아가 쌓인 여독부터 푸셔야지. 신문은 우리 상아탑에서 책임을 지도록 할 터이니 너무 걱정 마시구려."

올리버는 여전히 내키지가 않았다.

하나 방법이 없다. 상대가 무려 황명을 앞세웠다.

단장은 물론 황태자에게도 불가항력의 힘.

"탑주께 죄인을 넘겨드려라."

세실리아를 '죄인'이라 칭하는 올리버의 말에.

"단장, 그녀는 아직 죄인이 아니오. 모든 정황이 밝혀질 때까지는 엄연한 상아탑의 마법사, 언사에 신중하길 바라오."

정정을 요청하는 탑주 허버트였다.

이는 결코 개인을 위한 정정이 아니었다.

수많은 사람들의 눈이 집중되어 있는 상황.

상아탑의 권위를 세우려는 의도가 다분했다.

"오오, 탑주님!"

세실리아의 마나 감옥을 담당했던 두 명의 마법사. 그들이 탑주에게 반가운 기색을 표했다.

"먼 길 고생이 많으셨소."

"아니옵니다. 저희보다는 세실리아가⋯⋯."

"일단 가서, 가서 얘기하도록 합시다."

목적을 달성한 마법사들이 막아섰던 앞길을 비켰다.

다른 이들과 똑같이 좌우로 정렬해 몸을 숙였다.

이제와 무슨 소용이 있겠냐만.

"……화, 황태자 전하! 납시오!"

황태자의 행렬이 다시금 시작되었다. 조금은 기세가 꺾여버린 채로.

그 작은 소란으로부터 얼마나 지났을까.

"저놈들이 감히 누구 앞에서……!"

애당초 상아탑을 증오했던 황태자는 물론.

"단장! 이런 법이 어디 있습니까?"

"아무리 황명이라지만, 저는 납득이 되질 않습니다!"

제2 황실 기사단의 기사들 역시 한마음으로 불만을 토해 냈다. 당연한 반응이었다. 북부로부터 수도까지, 날이 바짝 선 긴장감 속에서 힘겹게 후송해 온 죄인을 강탈당한 거나 마찬가지였으니까. 하물며 저들은 죄인과 동료가 아니었던가?

"이게 다 무슨 일이라니?"

심지어 아무것도 모르는 베네사까지 겁을 먹는다.

그만큼 작금의 사태가 매우 불안해 보인다는 증거.

"별일 아니니까 걱정 마세요."

하나 정작 이안은 별 감흥이 없는 듯 보였다.

'오히려 잘된 일이야.'

그 누구보다도 상아탑을 잘 아는 이안이다. 상아탑의 특징과 행동 방식, 추악한 부분까지도.

어째서 그렇게 잘 알 수 있느냐?

'탑주까지 해본 마당에 뭘 모를까.'

그런 이안이 상아탑을 한마디로 표현하자면. 철저히 이안의 시선으로 표현하자면 이렇다.

'자존심의 탑.'

언제나 황족보다는 조금 아래, 그 밖에 모든 이보다는 훨씬 위에 서기를 원하는 자들, 실제로도 그러한 위치에 선 자들, 그 기다란 탑의 높이만큼 자존심으로 똘똘 뭉친 존재. 그것이 바로 상아탑이며 마법사다.

'급하게 인계받은 것도 자존심 때문이고.'

이는 결코 정치적인 알력 다툼.

혹은 그녀를 보호하기 위한 처사가 아니었다.

그저.

'기사단 따위가 마법사를 신문하는 상황이 싫을 뿐.'

기사단 '따위'란 이안의 개인적인 표현이 아니다.

단지 상아탑 전체의 관점을 대변하는 표현.

'마법사의 일은 오직 상아탑만이 해결한다.'

누구도 상아탑의 일을 대신할 수는 없다. 그것이 상아탑의 지론이며 자존심이다.

한데 기사단 따위가 마법사를 신문한다?

상아탑으로서는 결코 용납할 수 없는 일.

'안에서는 또 분위기가 다르지.'

대외적으로는 마법사의 권위를 높이 세운다. 마법사 개인의 권위가 곧 상아탑의 권위니까.

하나 내부적으로는 세실리아를 어찌 다룰까?

그녀의 혐의가 사실이든 사실이 아니든, 수많은 사람이 봤고 수많은 소문이 돌았다. 이미 그 자체로 상아탑의 이름에 치명적인 오점을 남긴 죄인이라는 얘기다. 분명 상아탑 가장 깊숙한 지하 감옥에 가둬놓고 수습할 방법을 모색할 터.

'그쪽이 안전하기도 훨씬 안전하니까.'

제국의 가장 강력한 마법사가 모인 상아탑.

바로 그 상아탑이 만든 지하 감옥. 황제의 침실보다 안전할 가능성이 크다. 아니, 안전하다고 확신할 수 있다.

하물며 기사단 본부와의 차이는 어떻겠는가?

외부와의 접촉 가능성이 0에 수렴하다는 얘기다.

'콜드워커라도 불가능에 가깝다.'

그래서였다. 상아탑의 태도가 오히려 반가운 이유. 이안으로서는 손해볼 게 아무것도 없었다.

오히려 마음이 편해질 지경이다.

'이제 남은 건 황제, 황궁, 상아탑.'

생각을 정리한 이안이 주변을 둘러봤다. 여전히 바깥 구경에 한창인 어머니.

슬슬 졸린지 꾸벅꾸벅 조는 더글라스.

그 옆으로는…….

"음?"

이안의 시선을 사로잡는 들어온 레디오의 안색. 어딘가 아프기라도 한 듯 새파랗게 질려 있었다.

아직 중독의 증세가 나타날 시기는 아닐 터.

"어디 편찮으십니까?"

"……예?"

"안색이 좋지 않으셔서."

"아, 그게……. 아무것도 아닙니다. 하하……."

입성 전부터 낌새가 보이기는 했다. 한데 방금 상아탑의 마법사들을 지나치고부터는 안색이 눈에 띄게 파래졌다. 아무래도 중독의 근본적인 원인과 연관이 있는 것 같다.

'아직 다 털어놓기는 힘든가 보군.'

본인이 감추겠다는데 구태여 캐물을 필요는 없다.

스스로가 준비될 때까지 기다려주는 수밖에. 급하면 급할수록 이안을 찾을 테니까.

"워! 워!"

그때, 마부가 긴급히 마차를 멈춰 세웠다.

아직 황궁에 도착하려면 멀었을 텐데 또 무슨 일이라도 생긴 걸까?

"이안 님. 황태자 전하께서 찾으십니다."

이제는 익숙한 담당 제국군의 목소리.

안내에 따라 마차 밖으로 나오는 이안이었다.

그리고 곧 익숙한 장소가 눈앞에 펼쳐졌다.

"여긴……."

본래 황족들이 황궁 밖에서 머물러야 할 때 주로 사용하는 '사가' 중 하나. 또한 전생에서는 이안이 5클래스의 경지를 이루었을 때 축하 선물로 하사받았던 대저택.

"마음에 드느냐?"

황태자 하이든이 이안에게 물었다.

이 저택을 두고 묻는 말이 분명했다.

"아바마마께서 너에게 특별히 하사하신 저택이니라."

이안은 새삼 감회가 남달랐다. 전생에 이 저택을 하사받았을 때가 26살. 그것도 지금의 황제나 황태자가 아닌, 황실을 장악한 라그나르로부터 받았던 저택이다. 한데 그 저택을 이번 생에는 14년이나 더 빨리 얻게 될 줄이야.

'괜찮은 저택이긴 하지.'

황궁은 물론 상아탑과도 적절한 거리에 놓인 위치.

게다가 도시 상권의 중심인 상업 지구와도 가깝다.

도시 생활을 영위하기에는 더할 나위 없이 완벽한 거처였다.

'그렇지 않아도 집 하나 구해볼 생각이었는데.'

이 정도 저택은 억만금을 줘도 구하기 힘들다. 거처에 한해서는 더 이상 바랄 것이 없으리라.

"황은이 망극하옵니다. 황태자 전하."

"하하하! 황은은 무슨."

이안의 반응에 크게 웃는 황태자 하이든.

이제는 요 꼬맹이가 제법 마음에 들었다.

단장보다는 아니지만, 그 아래 정도는 된다. 괴물 같은 재능을 가진 마법사임에도 불구하고 좀처럼 잘난 놈들을 볼 때마다 나타나는 열등감이 느껴지지 않았으니까.

'이놈을 내 수족으로 부린다면⋯⋯.'

해서 녀석이 가장 뛰어난 마법사가 된다면.

아까 그 오만한 마법사들, 탑주 노인네까지 싹 다 물갈이를 해버릴 수도 있으리라.

상상만 해도 즐거웠다.

"흠흠! 일단 네 가족들은 이곳에서 머물도록 하고, 너는 나와 함께 황궁으로 가자꾸나. 아바마마부터 알현해야 하지 않겠느냐?"

이안은 황명을 받고 그린리버디움에 입성한 몸.

도착하는 즉시 황제부터 알현하는 게 순서였다. 이안 또한 황제와의 만남을 기다리고 있었다.

다만, 그 전에.

"……황태자 전하께서 허락을 해주신다면, 잠시 어머니를 모시고 저택 안을 둘러봐도 되겠습니까?"

이안의 그 어느 때보다 진심 어린 요청.

"어머니? 오, 물론이지. 그리하려무나."

황태자 또한 흔쾌히 수락해 줬다. 그 역시 돌아가신 어머니가 있었다.

"어머니. 잠깐 나오셔야겠는데요."

마차 안 베네사를 모시고 나온 이안.

그가 눈앞에 펼쳐진 저택을 바라보며 물었다.

"어떠세요?"

"뭐가?"

"이 저택이요."

"여긴 갑자기 왜?"

"그냥, 어떤지 말씀해 보세요."

지금 도대체 뭘 묻는 건지 좀처럼 감이 잡히지 않는 베네사였다.

그나저나 참 대단한 저택이긴 했다. 모그리안 영지에서는 구경도 못 할 저택.

그녀가 이안과 살았던 오두막집보다 족히 수백 배는 클까? 아니, 어쩌면 그 이상일지도 모르겠다.

"뭐라고 해야 할지 모르겠구나. 일단 넓고……."

"우리 집이래요."

"아름답…… 응?"

순간 내뱉던 말문이 쏙 들어가는 베네사.

"앞으로 저랑 어머니가 살 집이요."

"여, 여기가?"

"네."

"이 저택이?"

"그렇다니까요."

이 얼마나 기다렸던 순간인가?

전생에는 결코 이루지 못했던 유일한 소망.

아무리 대단한 마법사가 되었다 한들, 인간을 초월해 버린 힘을 가졌다 한들, 어머니가 돌아가셨다는 현실까지 되돌릴 수는 없었다. 해드리고 싶었던 일, 함께하고 싶었던 일, 그 무엇 하나 이루지 못했다는 얘기다. 하지만 지금, 시간을 되돌린 끝에 드디어 이루어졌다. 하나씩 하나씩 천천히.

"들어가서 구경해 보실래요?"

베네사의 손을 붙잡고 저택 안으로 들어섰다.

바깥에서 보는 것보다도 훨씬 더 아름다운 저택. 잉어가

헤엄치는 연못. 마법으로 작동하는 분수대.

갖가지 아름다운 꽃과 나무들이 정원을 수놓았다.

"……여기가 사람 사는 집은 맞니?"

"원래는 황족들이 쓰던 곳이거든요."

"황족……?"

"이제 집 안도 보셔야죠."

정원을 지나 마침내 저택 내부로 들어왔다.

규모도 규모거니와 전체적인 모양새까지. 영주성의 거처
와는 감히 비교가 힘들 지경이었다.

흔히 '나라님 사시는 곳' 하면 누구나 떠올릴 화려함.

딱 그러한 상상을 본떠 만든 듯 화려함의 극치이자 정수
였다.

"다시 여쭤볼게요. 어떠세요?"

"음…….."

이안은 듣고 싶었다.

좋다. 최고다. 정말 멋진 집이다.

이런 저택에서 살게 되다니 꿈만 같다.

"이렇게 넓어서……."

두 눈으로 보고 싶었다.

어머니가 행복해 하는 모습을.

전생에는 볼 수 없었던 그 모습을.

꿈에서조차 바라고 또 바랐던 모습을.

이제 정말 목전이다.

"이렇게 넓어서 청소는 다 어떻게 한다니……?"

"……."

순간 말문이 턱하고 막히는 이안이었다.

전생에는 무려 8클래스의 대마법사였던, 두 번의 삶을 사는 누군가도 예상치 못한 한마디.

"어머니……."

"왜, 왜 그렇게 봐?"

꿈에서조차 바랐던 그 모습.

아무래도 조금 더 미뤄야 할 것 같았다.

9장
황궁에서

"허리를 좀 더 조일까요?"

"적당합니다."

"신발은 이것을⋯⋯."

황궁의 손님들이 머무는 응접실.

수많은 시녀에게 둘러싸인 이안이 보였다. 모두가 황궁의 젊은 시녀들이었다.

"장미를 좋아하십니까? 아니면 황금을?"

"⋯⋯황금으로 하죠."

"탁월한 안목이십니다."

시녀들은 지금 이안의 옷을 고르고 있었다.

나아가 입혀주기까지 했다.

다른 이도 아닌 황제를 알현할 몸.

지극히 당연한 준비였다.

"폐하께서는 아직 어리신 이안 님이 감당해야 할 부담감을 고려하시어, 대전 알현이 아닌 개인 알현을 명하셨습니다."

내관의 목소리가 주변을 맴돌았다.

방음 하나는 참으로 기가 막힌다.

"따라서 대전 회의가 모두 종료된 뒤에 모실 예정이옵니다."

대소 신료들이 모두 모인 대전 회의.

이안은 그 회의장에서 황제를 알현할 줄 알았다. 그것이 황명을 받잡은 자의 법도니까.

다만 현 황제는 이안의 출신 성분과 어린 나이를 고려.

압박감이 심할 거라는 판단 하에 개인 알현을 선택했다.

"혹 필요한 것이 있으시다면 여기 아이들에게 편히 말씀하십시오. 저래 봬도 아주 유능한 아이들이랍니다."

그래, 유능한 시녀들임은 충분히 알겠다.

순식간에 이안을 귀족 도련님으로 만들지 않았던가?

"알겠습니다."

"그럼."

아주 조용한 발걸음으로 퇴장하는 내관.

저리 걷는 훈련을 받는다던데, 자객인지 내관인지 구분이안갈 정도였다.

'긴장되네.'

이안은 현 황제와 독대를 해본 경험이 없다. 아카데미를 졸업하고 어느 정도 세상 돌아가는 이치를 읽기 시작했을 때쯤, 현 황제는 이미 병석에 누운 산송장이었으니까.

'얘기는 많이 들었지만.'

현 황제에 대한 평가는 그야말로 완벽했다.

정치적으로는 상아탑과의 수평적인 관계를 유지하며 귀족들을 규합시켰고, 치세로는 전란의 시대임에도 그럴싸한 태평성대를 이루었다. 가히 성군으로 기록될 만한 인물.

'황태자를 향한 집착만 뺀다면.'

그러했던 황제도 말미에는 썩 모양새가 좋지 못했다.

끝까지 황태자를 옹립하고자 했고, 그 결과 5황자 라그나르의 상아탑은 물론 귀족과 백성들까지 차례차례 등을 돌렸다. 아마 그것이 현 황제가 남긴 유일한 오점이리라.

'뛰어난 위인임은 틀림없다.'

이따금씩 사람들은 마법사를 '현자'라 부른다. 하나 그러한 인식은 매우 잘못된 생각이다.

이안은 8클래스의 마법사였다.

그럼에도 현자와는 거리가 멀었다.

'클래스'란 단지 마법적 역량일 뿐. 현명함과 지혜로움을 뜻하지는 않는다.

'오히려 덜떨어진 놈들이 더 많아.'

마법사라는 우월감에 허우적거리는 자가 대다수. 골방에 틀어박혀 마법 연구만 일삼는 자도 존재한다.

그러한 자들이 무슨 현명함을 갖고 어떤 지혜를 품겠는가.

'나도 크게 다르진 않았으니까.'

클래스 돌파를 위한 광적인 마법 연구.

라그나르가 일으킨 통일 전쟁 참전.

사실상 이 두 가지가 전생의 전부였다.

'그런 의미에서, 황제는 격이 다른 위인이지.'

절정의 지혜와 판단력을 타고난 인물.

바로 그런 인물과의 독대. 긴장을 하는 것도 무리가 아니었다.

전생에 이안이 모셨던 황제는 라그나르뿐.

그마저도 친구였기에 특별함은 없었다.

'그 격을 배울 수 있다면 좋겠는데.'

이안이 무심코 창밖을 바라봤다.

하필 방을 내어줘도 별궁과 가까운 방을 줬다.

황실의 황자들이 기거하는 별궁. 덕분에 훤히 보인다.

'놈'이 그토록 좋아했던 별궁의 정원이.

'뭘 하고 있을까?'

분명 저 별궁 어딘가에 있을 터.

첩실 소생으로 황실의 다섯 번째 황자. 황제를 가장 많이 닮았으나, 황제의 자비로움 대신 냉혹함을 타고난 인물, 이안의 오랜 친구이자 가장 지독한 원수.

'라그나르.'

이번 생에 놈을 만난다면 어찌해야 할까?

시간을 되돌린 첫날부터 줄곧 해온 고민.

아직 명확한 답은 나오지 않았다. 그러나 한 가지만큼은 분명하다.

'똑같이 돌려준다.'

아직 아무것도 모르는 놈이다.

수확의 때가 한참 멀었다는 얘기다. 이안이 느꼈던 그 절망, 배신감.

고스란히 돌려줘야 하지 않겠는가.

"이안 님. 폐하께서 기다리십니다."

얼마 후, 다시 돌아온 내관이 말했다.

"가죠."

내관의 뒤를 따라나선 이안.

그 길에 꽤 많은 사람들이 지나쳤다. 하인들은 물론 회의가 끝난 신료들까지.

모두가 하나같이 이안을 힐끔거렸다.

"저분이 그 마법사?"

"첩자를 생포했다는 그……."

"그 첩자도 경지가 3클래스였다던데."

북부나 수도나 다르지 않았다.

호기심으로 가득한 시선들. 황제의 부름을 받고 왔기에 의구심은 없었다.

"대단하구먼. 저 어린 나이에."

"요새 상아탑이 아주 난리랍니다."

"그럴 만도 하지. 보기 드문 일이니."

"어디 드물다 뿐입니까?"

"무슨 최초의 마법사? 그런 얘기들을 하더군요."

"마법사들한테 전설이라는 그……?"

"허어, 아무렴 그 정도씩이나……."

신료들이야말로 항시 귀를 열어두는 사람들.

이안에 관련된 나름의 정보가 꽤 많았다.

"이쪽으로."

수군거림을 넘어서 당도한 황궁의 본성.

오직 황제만을 위한 공간으로 가득한 그곳에 이안이 섰다.

"폐하, 마법사 이안 페이지가 알현을 청하고 있사옵니다."

"들라하라."

굳게 닫힌 알현실의 문.

그 너머로 들려오는 중후한 목소리.

황제 테리 그린리버의 목소리였다.

"드시지요."

과연 황실의 문은 관리부터가 달랐다. 열림에 있어 일말의 소음조차 없다.

이윽고 훤히 보이는 알현실의 내부.

"미천한 소인이 황제폐하의 용안을 뵈옵니다."

황제의 옆에는 황태자가 함께 있었다.

딴에 이안과의 친밀함이라도 과시하고픈 모양인지 손을 번쩍 들며 반긴다.

"고개를 들어라."

이안의 얼굴을 자세히 살피는 황제.

그 관찰하는 눈매가 마치 라그나르를 닮았다. 아니, 라그나르가 황제를 닮은 거겠지.

"북부의 귀빈, 이안 페이지라."

황제가 종이 한장을 살피며 중얼거렸다. 이안의 정보가 한눈에 담긴 기록이었다.

"짧은 사이 참 많은 일을 했더구나."

"황공하옵니다."

"애쓰지 않아도 된다. 제대로 배우지도 못했을 예법이 아니더냐? 자, 그만하면 충분하니 거기 앉아나 보아라."

배우지도 못했을 예법, 애쓰지 마라.

이미 전생에 한 번 들었던 얘기다.

라그나르를 처음 만났을 때, 당시 놈도 그런 말을 했었지.

과연 그 아비에 그 아들이라고 했던가.

"먼 길 오느라 수고가 많았다. 저택은 좀 마음에 들더냐? 특별히 황실의 사가를 하나 통째로 내어준 것인데."

"소인은 꿈에서도 본 적이 없는 과분한 저택이옵니다."

"그래서 지금 좋다는 게냐? 싫다는 게냐?"

다소 장난스러운 황제의 물음.

이안이 침착하게 대답할 말을 골랐다.

"좋사옵니다. 어머니께서도 행복해하셨습니다."

"호오, 그렇단 말이지."

황제가 고개를 끄덕였다.

이안의 대답이 제법 만족스러웠다.

"하면 짐작은 좀 하고 있느냐? 짐이 황태자를 보내 너를 황궁으로 불러들인 이유, 오자마자 대뜸 저택까지 하사한 이유 말이다."

그 까닭을 이안이 모를 리가 있겠는가. 문제는 어떤 대답을 고르냐는 건데.

'조금 직설적으로 가볼까?'

라그나르는 직설적인 화법을 좋아했다. 직설적인 자들은 숨김이 없어 좋다 했던가.

많이 닮은 만큼, 황제도 비슷할 가능성이 높다.

'아니, 아직은 아니야.'

나중이면 모를까, 지금은 아니다.

적어도 원하는 바를 전부 얻을 때까지, 그때까지는 필요했으니까.

12살짜리 어린아이의 얼굴. 그 한정된 수단이.

"소인의 재주가 조금 뛰어난 까닭이 아니옵니까?"

"재주? 네 재주가 무엇이기에?"

"사람들의 얘기로는, 소인이 가진 마법을 부리는 재주가 남들보다 뛰어나다고 들었사옵니다. 해서……."

적당히 말꼬리를 흐린 이안.

"마법을 부리는 재주가 뛰어나다?"

"부끄럽지만, 그렇게 들었사옵니다."

"단지 그뿐이라고 생각하느냐?"

"……."

"정녕?"

이안은 더 이상 대답하지 않았다.

대신 몸을 꼼지락거리며 침묵을 지켰다. 당황했음을 표출하기 위한 의도적인 몸부림.

"아바마마, 아직 어린아이가 무얼 알겠습니까?"

보다 못한 황태자가 이안을 변호하며 나섰다. 흡사 아끼는 도자기라도 떨어뜨릴까 노심초사하는 얼굴. 예상치 못한 황태자의 반응에 말문을 잃은 황제였다.

북부로 보내면서도 그리 반신반의했거늘.

"……그래. 너의 재주, 그 재주를 높이 사 부른 것은 맞느니라. 마법사들조차 입을 모아 칭송을 하더군."

원래는 계속 몰아붙이고자 했던 황제였다.

아직 시작조차 제대로 하지 않았을 정도로 사상 초유의 재능을 가진 소년이다.

떠보고 싶은 것이 참으로 많았으니까.

'그보단 태자에게 힘을 실어주는 것이 좋겠지.'

지금은 태자가 저 아이를 직접 감싸고 나섰다. 이럴 때는 한발 물러나는 것이 옳으리라.

그래야 저 아이도 태자를 더욱 따를 것이 아닌가?

'알아볼 시간은 많다.'

마음을 정한 황제가 대화의 주제를 돌렸다.

"짐이 듣기로는 불미스러운 일, 그러니까 첩자의 정황이 의심되는 마법사, 그자를 색출하는 데 아주 큰 공을 세웠다고 들었다. 맞느냐?"

"소인을 해하고자 하기에, 대항을 했을 뿐이옵니다."

"그래서 살아남지 않았더냐? 그것이 곧 공이니라."

마법사의 살수로부터 살아남아 생포를 해냈다. 마나 각인이라는 중요한 증거까지 알아냈다.

공이 아니면 무엇이 공일까?

이안 역시 충분히 예상했던 흐름.

"제국의 백성된 자가 큰 공을 세웠다. 어른이든 아이든 상을 받아 마땅한 일이지. 말해 보아라. 혹 바라는 것이 있더냐?"

드디어 찾아왔다.

기다리고 또 기다렸던 물음.

황태자도 따라했던, 현 황제의 독특한 공치사.

'많이 고민했지.'

표면적으로는 황궁에 처음 방문한 이안이다. 이것저것 콕 집어 바라는 것도 무리가 따랐다.

어떤 특정한 기록을 살피고 싶다.

황궁 어딘가 숨겨져 있을 무언가를 찾고 싶다.

그러한 요구들이 가당키나 할까? 오래 생각했고, 끝내 해답을 얻을 수 있었다.

'나는 어린아이다.'

시간을 되돌린 지금 가장 중요한 사실.

이안 자신이 아직 어리다는 것.

괴물 같은 재능과 나이는 별개의 문제다. 아직 대다수의 사람들은 그리 생각할 터.

"……구경을 해보고 싶습니다."

"구경?"

만약 성인이었다면 어울리지 않았을.

나아가 의심까지 받을지도 모르는 요구, 황태자에게 했던 것과 아주 유사한 방법.

그것이 답이었다.

"황궁의 이곳저곳을 자유롭게 구경해 보고 싶사옵니다. 해서 제가 본 풍경을 꼭 어머니께 들려드리고자 하옵니다. 황궁은 어떤 곳이고, 얼마나 아름다운 곳인지."

이안의 청에 황태자가 첨언을 하고 나섰다.

"소자에게도 옛 상아탑 구경이 소원이라 말한 아이입니다. 어린 나이답게 호기심이 아주 강한 아이죠. 너그러이 굽어 살펴주심이……."

오늘따라 이안의 마음에 쏙 드는 황태자였다.

적당히 장단을 맞춰주자 알아서 꽃을 뿌린다.

당분간은 나쁘지 않은 수단이 될 것 같다.

"으음."

황제는 잠시 생각에 잠겼다.

어려운 부탁은 아니었다. 상을 내리고자 했던 것도 맞다.

긴 대화를 나누지 못해 아쉬울 뿐.

"좋다."

간단한 대답과 함께 무언가를 꺼내는 황제.

손바닥과 비슷한 크기의 보석 장신구였다.

"그 패를 보인다면 대부분은 통과가 될 게다."

황제의 표식이 그려진, 황제의 손님임을 증명하는 패.

"근위병에게 보여준 뒤 길 안내를 요구해도 된다."

건네받은 그것을 손에 꼭 쥐는 이안이었다.

"바라는 상은 그것뿐이더냐?"

"더 무엇을 바랄 수가 있겠습니까."

"그렇다면 짐의 뜻대로 줘야겠지. 여봐라."

황제의 말에 문이 열렸다. 큼직한 보관함과 함께 내관 둘
이 들어왔는데, 그 뒤로 시녀들이 보였다. 아까 이안에게 옷
을 입혀준 시녀들이었다.

"보여주거라."

철컥!

명령에 따라 내관들이 이안 앞에 상자를 내렸다. 그러고는
뚜껑을 활짝 열어 내용물을 공개했다.

"짐이 내리는 상급이니라."

상급이라는 말 그대로였다.

제국 고유의 문양이 새겨진 금화로 가득했으니까.

"또한 저 시녀 아이들은 평소에도 황실의 사가를 관리했던 아이들이다. 저택으로 파견을 해줄 것이니 지내는데 불편함이 없도록 하라."

상급과 저택의 구조를 잘 아는 시녀들.

결코 나쁘지 않은 상이었다.

'청소 걱정을 하셨었지.'

문득 어머니의 엉뚱한 감상이 떠오른 이안. 그렇지 않아도 고용을 생각하고 있었는데.

이런 상은 넙죽 받아먹는 게 능사다.

어머니의 윤택한 삶을 완벽하게 보좌할 터.

"황은이 망극하옵니다. 폐하."

＊

별문제 없이 알현을 마무리한 이안.

긴장을 좀 했던 탓일까. 손이 다 축축하다.

확실히 황제는 남다른 위인이었다. 이안을 향한 의심이 확실하게 전해졌다.

결코 막연한 기대와 호감을 품지 않았다.

'누구한테나 그렇겠지. 라그나르처럼.'

의심은 통치와 정치의 기본.

라그나르가 즐겨했던 말이다. 아비에게 배운 것이 틀림없으리라.

'시간이 넉넉하지는 않아.'

길어봐야 해 질 녁.

그 전까지 목표한 바를 이루어야 한다.

첫 입궁이니만큼 거창한 목표는 아니었다. 먼저 역대 황제와 황후를 모신 황궁 지하.

'황가의 안식처'에 들어가는 것.

'몰래 들어가야겠지만.'

황실은 오랜 전통으로 하여금 황제와 황후의 관을 황궁 지하에 나란히 모셔왔다. 역대 모든 황제와 황후가 안치된 그곳을 가리켜 '황가의 안식처'라 부른다.

'근처까지는 수월하겠지.'

역대 황제와 황후들이 모셔진 자리이니만큼 황족을 제외한 외부인의 출입은 당연히 통제된다. 다만 황제의 패로 그 근처까지는 접근할 수 있을 터. 그거면 충분하다.

'빠르게 볼일을 끝낸 뒤, 황실 도서관으로 간다.'

여기서부터는 크게 문제될 거리가 없다.

레디오와의 약속대로 황실의 약초 및 연금술 기록이나 가져갈 생각이었으니까.

'별 자료는 없더라도.'

애당초 서책 몇 권 봐서 알아낼 정도였다?

란데오르의 꽃을 약재로 쓰는 방법이?

그랬다면 미지의 식물도 아니었겠지.

'일단 시늉이라도 해야 하니까.'

단지 약속을 잊지 않았다는 시늉이 필요했다.

그래야 레디오도 이안을 믿지 않겠는가.

그 믿음은 고스란히 엘릭서 연구의 의욕으로, 또한 더글라스의 믿음으로 전해지리라.

'다른 물건들은 나중에.'

지금은 이 정도 목표가 딱 적당하다. 당장 황실 보물고에 보관된 아티팩트들, 혹은 황실 약재방의 약초를 훔쳐갈 수도 없는 노릇이니 말이다.

'나머진 요구할 수 있는 때를 기다린다.'

분명 멀지 않은 시기에 기회가 찾아올 터. 그러니까 지금은 당장 필요한 물건을.

훔쳐가도 문제되지 않을 물건부터 챙기자.

그게 이안이 계획한 오늘의 목표였다.

"마법사님. 어쩐 일로 오셨습니까?"

요소요소를 지키는 근위병들이 정중하게 물었다.

어린 마법사가 입궁했다는 소문은 이미 파다하게 퍼졌다. 덕분에 이안의 얼굴을 알아보는 근위병은 물론, 눈치껏 알아본 척을 하는 근위병도 있었다.

"폐하께서 이것을 보여 드리라고 하셨는데요."

아무것도 모르는 양 황제의 패를 내미는 이안.

"충!"

황제의 패는 곧 황제의 뜻. 근위병들의 군기가 바짝 들어간다.

"저기, 대정원은 어디 있나요? 책에서 봤는데."

"이쪽으로. 안내해 드리겠습니다."

덕분에 드나들기도 한층 수월해졌다.

잠깐씩 길 안내를 받으며 눈도장도 찍어둔다.

'적당히 둘러보는 척하다가.'

평범한 사람이라면 으레 가보고 싶을 만한 곳.

대전이라든가, 역대 황제들의 조각상이 세워진 황궁의 대정원이라든가. 책으로 많이 소개되었던 명소들을 쭉 둘러본 뒤, 슬쩍 황가의 안식처 쪽으로 방향을 잡으리라.

'그놈, 만나지는 않겠지?'

지금 라그나르와 마주치는 것.

이안이 가장 걱정하는 상황이었다.

눈으로 보고도 감정을 다스릴 수 있을까?

본능에 이끌려 손부터 나가면 어쩌지? 손짓 한 번이면 능히 죽일 수 있다.

그 과정에 무엇이 어려울까.

'아직은 안 돼. 아직은.'

지금부터라도 꾸준히 마음을 다스려 놔야겠다.

그리 다짐한 이안이 다짐하고 또 다짐했다. 계획대로 황궁의 이곳저곳을 떠돌면서.

"휴우."

얼마나 떠돌았을까.

아직까지는 라그나르와 마주치지 않았다.

대부분의 근위병들에게 눈도장도 찍어뒀다. 슬슬 황가의 안식처로 접근하는 이안이었다.

'위치는 공주궁 바로 옆.'

황족의 피를 이어받은 여인들.

즉 공주들이 황가의 안식처를 관리한다. 황실의 법도가 그러했다.

공주란 자칫 권력의 부속품쯤으로 여겨지며 남자로 태어나지 못한 것을 자책하기 십상인 위치. 그러한 그녀들에게 역대 황제와 황후를 모시는 신성한 임무를 부여함으로써 황족의 고귀함과 자존감을 일깨워 주는, 일종의 배려였다.

"크으응…… 커어어…… 푸후……!"

이윽고 도착한 황가의 안식처.

그 지하로 통하는 계단의 입구.

앞을 지키는 근위병이 졸고 있었다.

코고는 소리가 아주 일품이다.

'다른 근위병들은 눈에 불을 켜고 다니던데.'

근처까진 패를 수십 번 꺼내 들 정도로 삼엄했다. 한데 정작 근방의 경계가 저 모양 저 꼴이라니.

안식처인 만큼 고요함을 선택한 결과였다.

"푸후우……!"

"슬립."

이미 잠을 자고 있기는 하다만 한 번 더 재워서 나쁠 건 없다.

살짝 덮어씌운다는 느낌으로 마법을 부린 이안.

재빨리 황가의 안식처 내부로 진입했다.

불빛 한 점 없는 어두컴컴한 지하.

그야말로 어둠 속에 잠긴 평온의 안식처.

"라이트."

이안의 마법에 곧 뚜렷한 풍경이 드러났다.

그리 넓지 않게 일자형으로 쭉 뻗은 공간, 좌우로 길게 세워진 각각 한 쌍의 커다란 관들.

모두 그린리버의 상징이나 다름없는 보석인 에메랄드로

장식된 관이었다.

'초대 황제의 관 근처였던가.'

계속해서 깊숙한 곳으로 들어가는 이안. 오랜 역사를 자랑하는 제국답게 황제도 많았다.

그 시작의 황제이니만큼 끝자락에나 있을 터.

'이쯤 어디일 텐데.'

이내 도착한 초대 황제와 황후의 자리.

이안이 그 근처를 이리저리 둘러봤다. 도대체 무엇을 찾고자 하는 걸까.

'우연히 발견할 만한 곳…….'

불현듯 천장 쪽으로 라이트를 비추는 이안. 곧 만족스러운 미소가 입가에 드리웠다.

'찾았다.'

안식처의 천장에 다닥다닥 붙은 소수의 존재들.

아티팩트는커녕 비슷한 물건조차 아니었다.

'돌 심장 버섯.'

전체적으로 퀴퀴한 회색빛을 띤 버섯들.

저 버섯들이야말로 지금 이안의 목표였다.

"아이스 스피어."

이안이 평소보다도 기다란 얼음덩이를 만들어내더니 손으로 잡아 천장을 긁었다. 그러자 우수수 떨어지기 시작하는 회색 버섯들.

'생각보다 많군.'

아직 존재가 알려지지 않은 독버섯이다.

복용할 경우 온 신경이 마비된다. 강력한 페럴라이즈 주문에 걸린 것처럼.

차이라면 점차 심장까지 멈춘다는 점.

'이 버섯을 중화시켜 비약으로 만든다면.'

전생에는 이 버섯으로 비약을 만들었다. 신경 반응과 심장 박동을 일정하게 유지시키는, 해서 강력한 신문 마법조차 피해갈 수 있는 비약.

'첩보전에서 우위를 점할 수 있었지.'

덕분에 그린리버는 제국 간 첩보전에서 완벽한 승리를 거두었다. 가히 대륙 통일의 시작점이 되는 발견, 그것이 돌 심장 버섯이었다.

'지금은 내가 더 급하다만.'

곧 상아탑에서 대대적인 압박이 들어올 터.

가벼운 조사랍시고 신문의 자리를 마련하지 않겠는가.

'아마 탑주까지 가세하겠고.'

전생의 몸뚱이라면 또 모를까, 제아무리 이안이라도 탑주와 고위 마법사들이 함께 펼치는 신문 마법을 피할 길이 없다. 돌 심장 버섯이 필요한 이유는 그래서였다.

'레디오라면 충분히 만들 수 있어.'

이안이 조제법까지 기억하는 것은 아니었다. 그래도 까다롭지 않다는 건 기억한다.

손쉽게 대량생산이 가능했을 정도로.

'이만하면 충분……'

이안이 떨어진 버섯을 모두 챙긴 그때였다.

"이, 이 시간에 어인 행차시옵니까!"

마나로 강화된 청력이 소리를 잡아냈다.

황가의 안식처 바깥으로부터 들려오는 소리. 졸고 있던 근위병의 목소리가 분명했다.

누군가 깨운 모양인데.

'근위병이 저렇게 놀랄 정도면……'

게다가 이곳은 황족만이 드나들 수 있다.

저 밖에 나타난 자가 황족일 가능성이 높다는 뜻. 황제나 황태자, 공주일 수도, 혹은 다섯 명의 황자 중 한 명일 수도.

'설마.'

놈은 황가의 안식처를 유독 좋아했다.

자신이 모셔질 안식처라는 이유였다.

스스로 황제가 될 것을 믿어 의심치 않았으니까.

"해제."

라이트 주문을 거둔 이안. 조용히 어둠 한구석으로 몸을 숨겼다.

그래봐야 랜턴 빛 한줌에 금방 들킬 운명.

다른 자라면 핑계를 대서라도 넘어갈 수 있다.

하지만 놈이라면?

'라그나르.'

참아야 한다고 그렇게나 다짐했거늘. 정작 중요한 순간에 감정이 동요한다.

손끝에 자꾸만 마나가 휘몰아쳤다.

아이의 숨통쯤이야 간단히 끊어낼 정도로.

마법이 아닌, 강화된 손아귀 힘만으로도 능히.

이대로는 위험하다. 이대로는.

"예? 하오나…… 아, 알겠습니다."

이안이 들을 수 있는 것은 근위병의 말이 전부였다. 근위병이야 워낙 당황한 나머지 목소리가 커졌다지만, 그 상대방의 목소리까지 잡아내기는 다소 어려움이 따랐다.

'둘?'

계단을 밟고 내려오는 소리. 한 명이 아닌 두 명이었다.

근위병과 함께 내려오는 걸까?

'멈췄다.'

둘 다 황가의 안식처 중간에 멈춰 섰다. 아직 랜턴불도 닿지 않는다.

이안을 숨긴 어둠은 여전히 유효했다.

"공주마마. 아무리 그래도 여기는 좀……."

먼저 들려온 목소리는 남자의 것.

근위병이 아닌, 중후한 중년의 남자였다.

'공주?'

이 시점에 공주라 불릴 황족은 세 명. 누가 되었든 라그나르가 아니다.

그 사실 하나만으로도 충분하다.

숨죽인 채 가슴을 쓸어내린 이안. 초대 황제의 관 옆에 바짝 붙었다.

"방문할 사람은 드물고, 지나가는 사람도 없는 데다가, 소리가 새나가지도 않아요."

다 큰 숙녀의 음성은 아니었다.

다만 특유의 성숙함이 느껴졌다.

"저는 공주로서의 책무, 케빈 님은 안식처에 걸린 주문 점검. 각자 볼일도 뚜렷하고요."

공주들의 연령대를 고려해 볼 때, 아무래도 현 황제의 딸이자 황태자의 친동생 '하이리 그린리버'가 확실한 것 같았다.

"황궁에는 사방팔방에 귀가 있다지요? 하지만 이 안식처만큼은 아니에요. 장담할 수 있어요. 이만한 장소, 세상 어디에도 없다고 봐요."

"차라리 황궁 밖으로 나가서……."

"바깥은 더 위험해요. 케빈 님도 아시잖아요?"

어째 대화의 흐름이 조금 이상하다.

실로 오해를 불러일으키기 충분한 내용들.

"선조님들께서도 이해해 주실 거예요. 아바마마와 오라버니를 위한 일이니까요."

"후우……."

계속되는 설득에 케빈이라는 자가 한숨을 토했다.

"알겠습니다. 천벌 받을 것 같지만, 별 수 없죠."

끝내 공주의 청을 수락하는 케빈. 도대체 뭘 하기에 천벌까지 운운하는 걸까.

"저번에 가르쳐 드렸던 기초 술식들, 외워는 두셨겠죠?"

"물론이지요."

제 머리를 쿡쿡 누르며 대답하는 공주 하이리.

그 자신감 넘치는 모습에 케빈이 말했다.

"좋습니다. 그럼 라이트부터."

그 말이 끝남과 동시에 나타난 빛의 구체. 명백한 1클래스 마법, 라이트였다.

'마법사?'

황실에 상주하는 마법사가 몇 있긴 하다. 대부분 1클래스의 한계를 넘지 못한, 속된 말로 '낙제생' 출신의 중년 마법사들. 주로 그들이 황실 내 마법으로 작동되는 물건들을 관리한다. 물론 공주와 은밀하게 행동할 이유는 전혀 없다.

"이제 공주마마 차례십니다."

"음, 그러니까, 이렇게 마나를 흘려서⋯⋯."

설마 공주도 마법을?

이안의 눈이 휘둥그레졌다.

"라이트!"

공주가 만든 아주 자그마한 빛의 구체. 거의 아카데미 초년생 수준의 라이트였다.

그럼에도 이안은 놀랄 수밖에 없었다.

황족 중에 마법사가 있었다니? 전혀 몰랐던 사실이다.

'숨겼던 건가?'

상아탑과 아카데미 외의 마법 교육은 중죄다.

마법사의 자질을 상아탑에 숨기는 것도 중죄다.

저들이 안식처까지 숨어든 이유가 있다는 거다.

'저 마법사도 가르침이 익숙한 것 같고.'

1클래스의 마법사 역시 상아탑의 마법사다.

일련의 행위가 중죄라는 사실을 모를 턱이 없다. 그럼에도 저 케빈이란 마법사는 망설이지 않았다.

단지 장소가 황가의 안식처라는 사실 자체만 문제 삼았을 뿐.

"에게? 전 왜 이렇게 작아요?"

"원인은 다양합니다. 가용된 마나의 양과 질, 술식의 세밀한 조절, 주문의 숙련도. 공주마마께서는…… 전부 다인 것 같군요."

"너무하셔요……."

"그, 그것이 마마께선 늦은 나이에 마나 호흡을 시작하셨고, 처하신 환경상 연습량도 적은 탓에……."

"푸흡! 장난이에요. 장난."

약간은 가벼운 분위기. 공주 하이리와 케빈의 마법 강의는 계속되었다.

고작 1클래스 수준의 기초적인 강의.

그것도 라이트 하나만을 반복하는 강의. 심지어 몇 시간째 끝날 줄을 모른다.

'언제 끝나?'

슬슬 지겨워지기 시작하는 이안이었다. 처음에야 흥미로웠다.

공주가 마나 하트와 브레인을 타고났다?

왜 그 사실을 숨기는 걸까?

여러 가지 호기심이 들었으니까. 하지만 그것도 잠깐, 이제는 지겹다.

'대단한 재능도 아닌 것 같고.'

늦은 배움과 호흡의 시작. 연습의 부족함.

구구절절한 사정들을 전부 따져 봐도 저 정도면 땅바닥에 가까운 수준이다. 평생 1클래스에서 머무는 마법사들, 딱 그 정도의 재능이란 소리다. '도대체 왜 숨겼을까?'라는 호기심이 '뭘 하겠답시고 숨겼을까?'로 떨어지기까지는 그야말로 한순간이었다.

'이제는 빠져나가기도 힘들겠지.'

처음 나타났을 때라면 통했을 거다.

황궁을 구경하다 보니 여기까지 왔고, 근위병이 졸고 있어서 금지 구역이라는 사실을 몰랐다. 대충 그런 식으로 핑계를 대면 그만이었으니까. 문제는 상황이다. 딱 봐도 비밀스럽게 마법을 전수받고 있다. 목격자를 순순히 보내줄까?

"라이트!"

이안이 지겨움에 몸서리칠 무렵. 공주의 라이트가 제법 커지기 시작했다.

제법 랜턴 대용으로 쓸 만해 보인다.

"우와아……!"

자신이 만든 라이트에 아이처럼 감탄하는 공주.

이안보다 다섯 살쯤 연상이었던가. 딱 그 나이 대 소녀의 표정이었다.

'어렸을 때는 성격이 좀 달랐나 보군.'

이안의 기억 속에 남은 하이리.

그녀는 결코 밝은 성격이 아니었다. 황태자가 그러하듯 과하게 타고난 미모.

그럼에도 항상 꾹 다문 입. 어두운 표정.

평생을 새장의 새처럼 살다 요절한 여인.

'하긴, 지금은 불행할 때가 아닌가.'

아직 황제는 건재하고 오라비 또한 황태자의 자리를 굳건히 지키고 있다. 전생의 암울했던 시기와는 상황이 전혀 다르다.

"공주마마. 오늘은 이쯤 하시는 게 어떻겠습니까?"

듣던 중 반가운 소리를 케빈이 먼저 내뱉었다.

"이곳에 너무 오래 있어도 의심하는 눈들이 생길 겁니다."

공주 또한 수긍했는지 고개를 끄덕인다.

"감사드려요. 어려운 부탁을 매번 들어주셔서."

"별말씀을. 오히려 걱정입니다. 소인도 결국 1클래스에 그친 자가 아니옵니까? 제 가르침만으로는 한계가 있을 겁니다."

케빈 역시 1클래스 수준의 마법사.

누군가를 지도할 만한 수준이 아니었다.

숙련도의 차이가 있다고는 하나, 그 숙련도 역시 1클래스의 영역일 뿐이니까.

"차라리 지금이라도 상아탑에 알리시는 편이……."

"그, 그건 안돼요! 그랬다간 케빈 님도 위험해지시고……."

상아탑이라는 말에 격한 반응을 보이는 공주.

황태자의 적개심과는 종류부터가 달랐다. 막연한 열등감이 황태자의 반응이라면.

공주의 반응은 명백한 '공포'였다.

"열심히 해볼게요. 오라버니와 함께 입궁한 마법사, 이안 페이지였던가요? 그 아이는 누가 가르쳐 주지도 않았는데 마법을 부린다고 하잖아요? 계속 노력하다 보면 저도 언젠가……."

스스로도 불가능하다는 것을 아는 탓일까.

공주의 말꼬리가 점점 힘없이 처져 버렸다.

"공주마마. 소인은 전혀 걱정하지 않으셔도 됩니다. 언제든 힘닿는 데까지 최선을 다해 보필하겠습니다. 부디 자신감까지 잃지는 마시길."

스승과 제자라는 느낌이 물씬 풍기는 위로.

두 사람은 곧 시간 차를 두고 안식처에서 나갔다.

잠시 기다렸던 이안도 그 뒤를 조용히 따랐다. 근위병이 돌아오기 전에 벗어나기 위함이었다.

'좀 수상한데. 특히 공주의 반응은……'

두 번의 삶을 살아가는 이안이다.

어지간한 흐름은 예측이 가능하단 얘기다.

한데 일국의 황녀가 마법사로서의 자질까지 감출 정도로 상아탑을 두려워하는 까닭, 그 까닭만큼은 전혀 예측이 되지 않았다. 본디 공포란 뚜렷한 원인과 함께 나타나는 감정. 황태자의 막연한 적개심과는 본질부터 달랐다. 분명히 뭔가 있다.

'내가 모르는 뭔가.'

본래는 아카데미의 신입생이었을 이안.

현 시점에 황궁과 상아탑이 일으킬 사건들은 이후의 소문이나 기록으로만 접해봤다. 그러나 지금은 사정이 다르다. 직접적인 관여도 충분히 고려해 볼 수 있는 상황.

'탑주와 연관이 있겠지. 그 늙은이, 라그나르의 옹립을 오랫동안 준비했으니까.'

지금으로서는 유일무이한 예측.

확신이 가능한 진실이기도 했다.

'아쉽지만, 황실도서관은 다음에.' 별 탈 없이 황가의 안식처로부터 멀어졌다.

계획했던 것보다 시간이 훨씬 지체되었다.

버섯과 정보를 입수한 것으로 만족해야 할 터.

"이안 님. 구경은 잘하셨습니까?"

눈도장을 찍어뒀던 근위병들의 물음에 이안이 천진한 웃음을 지어 보이며 대답했다.

"네. 충분히요."

10장
상아탑의 초대(1)

"우와……!"

"이게 도대체 다 얼마야?"

이제는 이안의 소유가 된 황족의 저택.

레디오도, 베네사도, 더글라스도 황실로부터 내려온 보관함 앞에 옹기종기 모여 있었다.

"오십 년은 군에 치료제 납품해야 벌겠는데?"

"제가 도와드리면요?"

"음, 그럼 사십구 년?"

"아빠!"

레디오 부자의 눈은 보관함에 담긴 금화만을 바라봤다.

이게 대체 얼마일까? 오직 액수가 궁금했으니까.

"황제폐하께서 우리 이안한테……."

반면 베네사는 금화의 액수 따위 보이지도 않았다. 단지 황제가 내린 하사품이란 사실이 중요했다.

누구도 아닌 자신의 하나뿐인 아들에게 내린 하사품.

"정말 저 황궁에 사시는 분께서……."

저 황궁에 사시는 가장 고귀한 분. 제국에서 가장 높은 존재 아니겠는가?

바로 그러한 인물이 아들에게 상을 내렸다. 대저택에 어마어마한 상금, 하녀들까지.

이것이야말로 가문의 경사요 홍복이리라.

"믿는 구석이 있어서 보석을 막 쥐어줬나?"

레디오의 아주 작은 중얼거림, 자신도 모르게 내뱉은 소리였다.

"보석?"

바로 옆에 있던 더글라스가 묻자.

"보석이라니요?"

감격에 빠졌던 베네사도 관심을 가진다.

보석을 뿌리다니? 도대체 누가?

"아, 아니, 아무것도 아닙니다. 하하."

다행이 아무도 캐묻지 않는다.

안도의 한숨을 내쉬는 레디오였다.

요즘 들어 자꾸 속마음이 입 밖으로 흘러나온다.

'돌아오고부터 영 정신을 못 차리겠구먼.'

레디오에게 수도 그린리버디움은 썩 좋지 않은 기억의 집합소나 마찬가지였다. 나고 자란 곳이지만, 온갖 더러운 일들이 너무 많았다. 특히 마나 중독. 그 족쇄를 얻은 것도 여기다.

'그자는 파견을 나갔겠지.'

레디오를 마나 중독에 빠트린 장본인.

그 마법사는 당시 아카데미 졸업을 앞둔 마법사였다. 일 년이 넘었으니, 지금쯤 타 영지로 파견을 나갔으리라. 그것이 정식 마법사로 거듭나는 관문이니까.

'당분간은 안전해. 당분간은.'

파견의 기간이 5년이라고 들었다. 그렇다면 아직 시간은 넉넉하다.

중독을 치료할 수단을 얻고 뜨거나, 아니면……

'이안 님께 찰싹 붙는 수밖에.'

레디오도 소문을 듣는 귀가 있다.

평범한 사람치고는 마법사 역시 잘 안다.

이안은 천재다. 그것도 어마어마한 천재.

고위 마법사의 자리쯤이야 떼다 놓은 당상일 정도로.

'더 강한 쪽으로 붙는 거야.'

상아탑은 온갖 출신들이 한곳에 모인 자리다.

그런 만큼 출신 성분은 아무런 가치가 없다. 마법적 역량만이 유일한 증명의 수단일 뿐.

'그렇다면 그놈도…….'

방법은 많다. 그러니 겁먹지 말자.

레디오가 불안한 마음을 굳게 다잡았다.

"그렇게 허리 숙이고 계시지 마세요. 계속 받고 있기도 민망하고…… 저도 부엌데기 출신이거든요. 그러니까……."

"응?"

금화를 구경하던 베네사가 어느덧 측은한 얼굴로 하녀들에게 다가가 말했다. 황제가 금화와 함께 상이라며 보내온 하녀들인데, 모두 일렬로 서 허리를 숙이고 있었다.

"페, 페이지 부인. 저희들은……."

"어떤 심정인지 잘 알아요. 개인의 문제가 아니죠. 제가 허락한다고 다른 높으신 분들이 허락하는 건 아니니까요."

베네사 또한 영주성의 부엌데기였다.

어지간한 하녀들보다도 낮은 위치.

누구보다 아랫것의 두려움을 잘 알고 있다.

"편히 쉬시라는 말은 하지 않을게요. 대신 허리라도 쭉 피고 계세요. 그러다 나중에 고생해요. 제가 그래요, 제가."

그야말로 경험에서 우러나오는 조언이었다.

한 번 망가진 허리는 쉬이 고쳐지지 않으니까.

"음, 역시 좋으신 분이야. 페이지 부인."

그런 베네사의 심성에 레디오가 고개를 끄덕였다.

정체조차 가늠이 안 되는 이안과는 다르게 정말 투명하고 착한 여인이다. 그 둘을 어찌 어미와 아들로 볼 수 있을까?

"허리라, 가만있자. 관절에 좋은 비약이⋯⋯."

"꿈 깨세요. 아빠."

그런 레디오의 생각을 단숨에 자르는 한마디. 더글라스가 제 아비를 빤히 쳐다보며 말했다.

"그러다 큰일 나요."

"무슨 큰일이 난다는 게냐?"

"저분은 이제 귀족이시잖아요?"

"그야, 마법사의 모친이시니까."

"아버지랑은 이어질 수 없는⋯⋯."

"요, 요 녀석이 지금 무슨 소리를!"

말뜻을 이해하자마자 크게 당황하는 레디오. 대체 무슨 말을 하려고 하는 건가 싶었다.

"대장님이 아시면 싫어하실 텐데⋯⋯."

여전히 의심의 눈초리를 거두지 못하는 더글라스.

그 눈빛에 레디오는 그저 식은땀만 삘삘 흘리기 바빴다.

'아주 아비랑 맞먹으려 들지?'

이안과 어울리더니 부쩍 어른 흉내를 낸다. 아직 사춘기가
올 나이는 아닐 텐데.

'생각지도 못한 부작용이로구나.'

모든 것이 아들을 위한 결정이었거늘.

레디오가 탄식에 빠지는 그 순간.

"이안. 황제폐하는 잘 만나고 왔니?"

아들을 반기는 베네사의 목소리. 입궁했던 이안이 저택으
로 돌아왔다.

"폐하라고만 하셔도 돼요."

"그, 그래도……."

이안의 등장에 곧게 펴졌던 하녀들의 허리가 다시금 앞으
로 숙여졌다. 그녀들도 아는 거다. 이 집안의 실질적인 가장
이 바로 저 어린 마법사, 이안 페이지란 사실을.

"저 금화랑, 저분들까지 모두 황제폐하께서 내려주신 상
이라고 하더구나. 받아도 되는 건지……."

"고생 끝이라고 말씀드렸잖아요. 안 믿으시더니."

"아, 안 믿다니? 그냥 실감이 안 나니까 그랬지!"

아닌 말이 아니라 정말로 실감하기 힘들다.

아들이 하루아침에 대단한 마법사가 되었다.

뿐이랴? 황제의 부름을 받고 수도까지 모셔졌다. 오자마
자 황제를 알현하더니 상까지 받아왔다.

'꿈도 이 정도로는 못 꿀 것 같아.'

어렵고 힘들게만 살아온 베네사다.

남편을 잃고 나서는 더더욱 그랬다. 아들에게 좋은 일이 일어났다면 진즉에 펑펑 울었을 거다. 누구보다 행복했을 테니까. 하지만 지금의 경우는 그저 좋은 수준이 아니지 않은가? 그래서일까, 좀처럼 얼떨떨함이 사라지지를 않았다.

"그럼 실감나실 때까지 기다리죠, 뭐."

이안도 그런 어머니의 심정을 이해했다. 그러니 섭섭할 것도, 재촉할 것도 없다.

정리가 되실 때까지 기다리면 그뿐.

오직 좋은 것만 해드리면서.

'전생에는 하지 못했던 일들.'

기분 좋게 웃은 이안이 레디오를 바라봤다. 이유는 모르겠으나, 어쩐지 긴장한 눈치다.

"잠시 저랑 얘기 좀 하시죠."

"예? 애, 얘기 말씀이십니까?"

자신을 지목하자 크게 놀라는 레디오.

무슨 일이라도 있었던 걸까?

"왜 그렇게 놀라십니까?"

"아, 아뇨, 얘기 좋죠. 얘기."

그리 중얼대며 더글라스를 찌릿 바라본다. 또 둘 사이에

뭔가 장난이 있는 것 같다.

두 부자의 모습에 어깨를 으쓱거린 이안.

레디오와 함께 조용한 방으로 들어갔다.

"비약을 하나 만들어주셔야겠습니다."

"어떤 비약을 말씀하시는 건지?"

"이 버섯으로."

이안이 챙겨온 버섯을 하나둘 꺼냈다. 레디오도 처음 보는 회색의 버섯.

당연했다. 아직 발견되지 않은 버섯이니까.

"이게 도대체 무슨 버섯이랍니까?"

"돌 심장 버섯이란 건데, 독버섯입니다."

"독버섯이요? 독버섯으로 무슨 비약을……."

물론 독을 재료로 쓰는 약이 있기는 하다.

하나 이안이 지금껏 바라왔던 종류들. 마법적 역량의 증진을 도와주는 그러한 약에는 전혀 쓰임새가 없었다.

"신경을 마비시킵니다. 심장도 멈추죠."

"이 독버섯이 말입니까?"

"네. 위험한 버섯이니 조심해서 다루세요."

그래. 말만 들어도 무서운 독버섯이다.

레디오가 몸을 부르르 떨며 버섯을 바라봤다. 돌 심장 버섯이라니, 도감에는 있을까?

"그 정도로 위험한 독버섯으로 무슨 비약을 만들라는 말씀이십니까? 독약이라면 모를까, 비약은 좀……."

"혹시 신문 마법을 아십니까?"

"알기는 압니다."

레디오 또한 과거에 겪어본 바가 있다.

그 빌어먹을 마법사 놈한테.

모를 리가 있겠는가.

"그 신문 마법을 피하고 싶습니다."

단박에 이안의 말뜻을 알아듣는 레디오였다.

신문 마법이라는 얘기를 들었을 때, 이미 눈치를 채기는 했다.

"가능하시겠습니까?"

"가능이야 할 것 같습니다만, 급한 겁니까?"

"급합니다. 빠를수록 좋겠죠."

"음……."

잠시 고민에 빠진 레디오.

몇 가지 떠오르는 재료들이 있었다. 잘 조합한다면 만들지 못할 것도 없다.

"후우, 이거 또 더글라스가 싫어할 텐데……."

다소 뜬금없는 레디오의 한마디.

"아, 이런 비약은 실험을 많이 해야 하거든요. 약효는 적당한지, 부작용은 없는지. 사람한테 할 수는 없으니까 주로 동물들이 대상입니다. 쥐나 토끼, 그런 친구들이 대부분이죠."

아무리 연금술사의 꿈을 가졌다고는 하나, 더글라스는 나름대로 평범하게 자란 꼬마아이다. 동물들을 대량으로 잡아다가 실험하는 일이 결코 달갑지만은 않으리라.

"또 녀석이 울고불고 난리를 치게 생겼습니다."

"제가 잘 달래보도록 하죠."

그 정도야 못해줄 것도 없지.

순순히 고개를 끄덕이는 이안.

바로 그때였다.

"이안 님."

방문 너머로 들려오는 하녀의 목소리.

"상아탑에서 편지를 보내왔습니다."

하녀로부터 건네받은 상아탑의 편지, 그곳에는 아무것도 적혀 있지 않았다.

하나 마법사라면 접하는 즉시 알 수 있다.

이 편지지에 마나가 흐른다는 사실을.

'취향하고는.'

예로부터 상아탑은 이런 은밀함을 좋아했다.

오직 마나 하트와 마나 브레인을 동시에 가진 마법사들끼리만 보고 읽을 수 있는 연락책. 상아탑 특유의 우월함과 소속감을 이끌어내는 방법 중 하나였다.

우우웅……!

이안의 마나를 머금은 특수한 글자.

그것들이 조금씩 제 모습을 드러냈다.

―친애하는 마법사 이안 페이지에게.

황실이 그러하듯, 상아탑 역시 그대와의 만남을 학수고대하고…….

시작은 어떤 편지가 그러하듯 진부한 내용이었다. 본론으로 들어가기 전, 가벼운 인사말들, 대충 훑고 내려 본론부터 확인했다.

―정식 학도로 입학하는 날까지 만남의 기회를 미루는 게 순서이나, 이미 남다른 재능을 가진 어엿한 마법사를 신출내기 마법학도와 동일시하기도 어려운 일이 아니겠소?

이안의 예상대로였다.

상아탑은 기다려 줄 생각이 전혀 없었다.

하루 빨리 이안의 재능을 확인해 보고 싶겠지. 가벼운 조사인 척 신문을 하고도 싶을 거다.

물론 그 뒤에는 상아탑이 만들 수 있는 가장 강력한 신문 마법이 깔려 있을 터.

─그러한 바, 오늘로부터 정확히 일주일 후 조촐한 만남의 자리를 마련할까 하니, 상아탑 명부에 이름을 올린 마법사로서 부디 상아탑의 초대에 응해주길 바라오.

문제가 있다면 저 일주일이라는 기간. 미루고자 한다면 미룰 수도 있긴 하다.

하나 이안은 뜸을 들일 생각이 없었다.

변수란 줄이면 줄일수록 좋은 거니까.

"일주일이라네요."

이안이 레디오를 바라보며 말했다. 비약 또한 일주일 내로 완성되어야 한다.

예상했던 것보다도 훨씬 촉박한 시간.

더군다나 처음 접해보는 재료가 아니던가.

"힘드실 것 같다면, 다른 연금술사한테도 의뢰를……."

원래도 그럴 계획이었다. 이안이 모그리안 영지에서 레디오를 만나지 못했다면, 해서 주변에 믿을 만한 연금술사가 없었다면 말이다.

하는 짓은 고약하나 실력 있는 뒷골목 연금술사를 몇 안다. 그런 자들의 입을 틀어막는 방법이야 얼마든지 존재하니까.

"아, 아닙니다. 일주일! 못 할 것도 없죠."

레디오 또한 매우 뛰어난 편에 속하는 연금술사.

자존심도 자존심이거니와, 객관적으로 불가능할 일도 아니었다.

"잠자는 시간만 좀 포기하면, 어떻게든 될 겁니다."

"그럼 부탁 좀 드리겠습니다."

"부탁은 무슨, 아까도 말씀드렸지만 더글라스나 잘 좀 다독여 주십시오. 거 요즘은 제 아비보다 이안 님을 더 따르는 것 같더군요. 그게 좋은 건지는 모르겠습니다만, 아시다시피 이안 님이야 워낙에 유별나신 분이고……."

또다시 말이 많아진 레디오.

그만큼 긴장될 거리가 없다는 증거였다. 벌써부터 다양한 조합이 떠오를 정도였으니까.

어째 천 마디 장담보다 저 횡설수설이 더 믿음직스러웠다.

일주일이란 그리 긴 시간이 아니었다.

표현처럼 눈 깜빡할 새 지나가 버릴 정도로.

뚜각 뚜각 뚜각…….

이안은 지금 상아탑의 마차에 몸을 실고 있었다.

행선지는 당연하게도 상아탑. 제국 대부분의 마법사가 생활하는 그곳.

'두 시간 정도 약효가 있을 겁니다.'

이안이 품속 약병을 만지작거리며 떠올렸다.

비약 조제에 성공한 레디오의 당부였다.

'두 시간이라.'

신문의 시간은 길지 않을 터.

그 정도면 충분할 거다.

'도착했군.'

마차 밖으로 이색적인 풍경이 펼쳐졌다. 풀과 꽃, 나무. 형형색색의 나비.

도시를 벗어나 숲 속으로 들어온 것 같은 풍경이다. 하나 상아탑은 분명 도시 속에 있었다.

'주변을 숲처럼 꾸며놨으니까.'

한마디로 표현하자면 도시 속의 숲.

처음 상아탑을 이전해 왔을 때부터 유지된 환경이다. 전통이라면 전통이라고도 할 수 있으리라.

"도착했습니다."

마부의 말과 함께 마차를 빠져나온 이안, 익숙할 대로 익숙한 상아탑이 그를 반겼다.

옛 상아탑과는 느낌부터가 달랐다. 비교하기조차 힘들 정도로 거대한 규모.

잡티 하나 없이 깨끗한 백색의 외관, 잘 만들어진 건축물 그 자체였다.

"이제야 오셨네? 최초의 마법사님."

한 무리의 젊은 마법사가 이안에게 다가왔다. 새파랗게 어린 후배의 마중을 나온 것이 영 못마땅한 표정이었다.

그들은 한창 엘리트 의식으로 충만할 새내기 마법사들. 최초의 마법사와 같은 재능이니 뭐니 하는 꼬맹이가 전혀 달갑지 않았다.

"따라와. 귀한 분들께서 기다리신다."

젊은 마법사의 날선 목소리.

이안에게는 그저 귀여울 뿐이었다. 오히려 확신을 더해주는 한마디였다.

'귀한 분들이라.'

정식 마법사의 자격을 얻어 세상 무서울 게 없을 놈들이다. 그런 놈들이 저렇게 칭할 만한 존재, 4클래스의 경지를 이룬 고위 마법사들과 탑주 허버트밖에 더 있겠는가?

'반가운 얼굴이 많겠어.'

이런저런 생각과 함께 들어선 상아탑의 1층.

마법사들은 이 1층을 '입문의 전당'이라 부른다. 전생에 이미 수천 번은 더 밟았을 이곳.

예나 지금이나, 아니, 미래나 지금이나 똑같았다.

'처음 들어왔을 때, 그때는 엄청 설렜는데.'

문득 여기를 처음 밟았던 때가 떠오른 이안.

그땐 하나부터 열까지 모든 것이 신비로웠다. 밖에서 보이는 것만큼 넓고 웅장한 내부, 라이트 주문이 걸려 사방을 밝히는 조명, 실시간으로 적절하게 조절되는 온도, 백색 로브의 위풍당당한 마법사들, 온갖 마법에 둥둥 떠다니는 책들, 특히 예상과는 다르게 자유로운 분위기.

'마법사들은 다 근엄할 줄 알았지.'

어렸을 때의 기억으로는 그랬다.

현실을 알게 된 지금은 아니지만.

1층의 마법사들은 그야말로 햇병아리들. 근엄함보다 오만함이 하늘을 찌를 터.

'나도 비슷했으니까. 저 때는.'

마법사들의 안내에 따라 들어선 막다른 길.

그곳에 황금빛의 원판 하나가 두둥실 떠 있었다.

성인 남성 다섯 명 정도는 올라설 수 있을까? 이안에게도 무척 익숙한 원판이었다.

'승강기.'

정확한 명칭은 마나 승강기.

오직 마나의 힘으로 오르내리는 원판으로서 이 잔인하리만큼 높다란 상아탑을 층층마다 연결해 주는, 상아탑의 수많은 마법사들에게 한줄기 빛과 같은 존재였다.

"저 원판 보이지?"

"보입니다."

"보입니다가 아니라 올라타라는 뜻이야."

아까부터 볼멘소리를 해대던 젊은 마법사. 그가 원판을 가리키며 퉁명스럽게 말했다.

"영광인 줄 알아. 아무나 못 타는 거니까."

틀린 말도 아니긴 했다.

황금 원판은 오직 고위 마법사의 전용 승강기.

클래스가 전부인 마법사들에게는 상징적 가치가 있었다.

'전생에도 최연소였던가.'

당시 이안이 황금 원판의 사용 권한을 얻은 나이, 즉 4클래스의 마법사로 등극한 나이가 19살이다. 한데 이번 생에는 고작 12살의 나이로 황금 원판을 밟았다. 물론 4클래스의 마법사임이 인정된 것은 아니다만, 그마저도 얼마 남지 않았다.

'어쩌면 오늘이 될지도.'

이윽고 황금빛 원판 위에 올라선 이안.

무게를 감지한 원판이 작게 진동했다. 강력한 부유 마법의 전조 현상이었다.

지이이잉—!

승강기가 일으킨 진동의 끝은 비행.

정확히는 일직선으로 떠오르기 시작했다. 조금의 쉴 틈도 없이 계속해서 올라갔다.

꿀꺽!

이안이 준비해 온 돌 심장 비약을 들이켰다. 둔해지는 감각과 함께 어지러움이 느껴졌다.

누군가에게 온몸의 신경을 통제받는 느낌이었다. 하나 그 것도 잠시, 곧 모든 게 또렷해졌다.

언제 그랬냐는 듯 아주 깔끔하게.

"후우……."

숨을 길게 뺀 이안이 위를 올려다봤다. 총 22층으로 이루어진 높다란 상아탑.

1층 '입문의 전당'을 지나 '수련의 전당', '지식의 전당', '기록의 전당', '안식의 전당', '원소의 전당' 등 수많은 전당 위로 연회장, 소회의실, 대회의실, 그리고 마침내 22층 꼭대기.

'탑주의 방.'

승강기가 멈춘 그곳.

방이라고 부르기엔 심히 넓은 공간. 그 탑주의 방에 11명의 마법사가 있었다.

탑주 허버트를 포함한 10인의 고위 마법사.

모두 각양각색의 개성을 뽐냈다. 남자, 여자, 노인부터 젊은이까지.

다른 마법사처럼 로브를 고집하지도 않았다.

'시작부터 찍어 누를 속셈인가 본데.'

가히 상아탑 최강의 전력이라 손꼽히는 이들. 그들이 한날한시에 모여 같은 소년을 응시했다.

이안 페이지라는 이름의 어린 마법사. 그 '최초의 마법사'와 버금간다는 재능.

오직 그 소년의 재능을 확인하기 위해서.

혹은 그 위험한 재능을 길들이기 위해서.

"상아탑의 초대에 응해줘서 고맙네."

가장 먼저 탑주가 이안을 맞이했다.

상대는 12살짜리 어린아이.

그럼에도 최소한의 예의를 지켰다.

"자, 불편하게 서 있지 말고 거기 앉게나."

이안을 중심으로 반원의 진을 그린 마법사들.

그들의 시선을 고루 받을 수 있도록 위치된 의자.

바로 그 의자에 이안이 앉았다.

"조금은 당황스럽겠지."

상아탑의 지팡이를 가볍게 휘두르는 탑주. 곧 푸른빛의 마나가 허공에 글자를 수놓았다.

"그렇다고 겁먹거나 움츠릴 필요는 없네. 상아탑의 일원으로 거듭날 마법사라면 누구나 한 번씩 겪는 일종에 통과의례니까."

그 글자들은 모두 이안을 다룬 정보였다.

간략한 신상부터 지금까지의 일거수일투족까지.

뒷조사를 참 꼼꼼하게도 해놨다.

"자네의 재능은 익히 알고 있네만. 그 재능을 감안하더라도 파격적인 행보더군. 솔직한 감상으로 의심스러울 지경이야."

탑주가 이안의 기록을 천천히 훑으며 말했다.

이미 수백 번도 더 읽었을 기록이건만.

여전히 흥미로운 듯 눈을 떼지 못한다.

"하나 우리는 피보다도 진한 마나의 형제들이 아니던가? 지울 수 있는 의심이라면 이 자리를 비롯해 깔끔히 지워내야겠지."

상아탑의 의심과 철저한 뒷조사.

강력한 신문 마법을 동반한 자리까지 모두 이안의 예상 내 흐름이었다.

때문에 돌 심장 버섯을 생각했던 거다.

'자신들의 마법을 과신하고 있어.'

상아탑 최고의 전력이 펼칠 신문 마법이다. 그 자체로 신뢰성과 자부심이 남다를 터.

이 상황만 무사히 넘긴다면.

'자연히 의심도 거둬지겠지.'

그때부터는 오직 '재능'만 남게 된다.

눈앞에 떨어진 억만금처럼 탐나는 재능.

"혹시 저를 고문한다거나, 그런 건가요?"

시치미를 뚝 뗀 이안의 질문.

그 말에 탑주가 인자하게 웃으며 대답했다. 보기 좋게 주름진 얼굴과 조화를 이루는 미소였다.

"허허! 저런, 그럴 리가 있겠나? 야만적인 행위는 상아탑의 방식이 아닐세. 우리는 그저 질문을 건넬 뿐이야. 자네는 대답하면 되는 것이고."

그리 말하며 고위 마법사들을 훑어보는 탑주.

신문 마법을 시작하라는 무언의 표시였다.

to be continued

포테
POTENTIAL

어떤 사물에는 그것을 오랜 기간 사용한
사람의 잠재된 능력이 고스란히 담긴다.
그리고 난 그것을 사용할 수 있다.

천재 디자이너, 죽은 이도 살리는 명의,
감성을 울리는 피아니스트, 바람기 가득한 첩보원.
그 누구라도 될 수 있다. 단, 애장품만 있다면!

달인의 눈으로 세상을 바라보는,
유쾌한 민호의 더 유쾌한 애장품 여행기!